ALICE NO PAÍS DAS MARAVILHAS

Copyright da tradução e desta edição © 2024 by Edipro Edições Profissionais Ltda.

Título original: *Alice's Adventures in Wonderland*. Publicado pela primeira vez no Reino Unido em 1865. Traduzido com base na 1ª edição do original em inglês.

Todos os direitos reservados. Nenhuma parte deste livro poderá ser reproduzida ou transmitida de qualquer forma ou por quaisquer meios, eletrônicos ou mecânicos, incluindo fotocópia, gravação ou qualquer sistema de armazenamento e recuperação de informações, sem permissão por escrito do editor.

Grafia conforme o novo Acordo Ortográfico da Língua Portuguesa.

1ª edição, 2024.

Editores: Jair Lot Vieira e Maíra Lot Vieira Micales
Produção editorial: Carla Bettelli e Richard Sanches
Edição de textos e revisão: Marta Almeida de Sá
Assistente editorial: Thiago Santos
Preparação de texto: Kandy Saraiva
Diagramação: Mioloteca
Capa: Thiago Souto

Dados Internacionais de Catalogação na Publicação (CIP)
(Câmara Brasileira do Livro, SP, Brasil)

Carroll, Lewis, 1832-1898

Alice no país das Maravilhas / Lewis Carroll ; ilustrações originais John Tenniel ; tradução de Natalie Gerhardt. — São Paulo : Via Leitura, 2024.

Título original: Alice's Adventures in Wonderland.

ISBN 978-65-87034-45-4 (impresso)
ISBN 978-65-87034-46-1 (e-pub)

1. Literatura infantojuvenil I. Tenniel, John. II. Título.

24-190795   CDD-028.5

Índice para catálogo sistemático:
1. Literatura infantil 028.5
2. Literatura infantojuvenil 028.5

Aline Graziele Benitez - Bibliotecária - CRB-1/3129

EDITORA AFILIADA

VIA LEITURA

São Paulo: (11) 3107-7050 • Bauru: (14) 3234-4121
www.vialeitura.com.br • edipro@edipro.com.br
@editoraedipro   @editoraedipro

O livro é a porta que se abre para a realização do homem.
Jair Lot Vieira

Lewis Carroll
ALICE NO PAÍS DAS MARAVILHAS

Tradução de Natalie Gerhardt
Ilustrações originais de John Tenniel

Todos nós na tarde dourada
sem pressa, a deslizar,
pois eram pequenos e pouco habilidosos
    os braços a remar,
enquanto as mãozinhas fingiam
    nosso passeio guiar.

Ah, as três crianças cruéis! Em tal hora,
    sob o clima sonhador,
por uma leve história rogam
    a alguém de fôlego fraco que nada sopra.
Mas contra três línguas alegres e ruidosas
    o que pode uma única voz?

A Primeira, imperiosa, seu desejo decreta:
    "que a história comece já!".
Em tom mais gentil, a Segunda espera:
    "Nada sentido fará!".
Ao passo que a Terceira a história interpela
    uma vez a cada minuto.

Agora, em silêncio repentino,
    acompanham com fascínio
a criança-sonho em sua travessia
    pelas terras de novidades e maravilhas,
em amigáveis conversas com aves ou feras...
    Crendo piamente que a verdade ali brilha.

E à medida que a história se desenrola
e a imaginação se esgota,
o ritmo diminui, preguiçoso como uma marola
indicando que é chegada a hora,
"O resto fica para a próxima..." "Nada disso, queremos *agora!*"
As vozes felizes cantarolam.

E, assim, os eventos do País das Maravilhas foram criados:
devagar e com riqueza de detalhes,
o conto enfim foi terminado,
e, sob o sol poente,
alegres e contentes, remamos nosso barco
para casa retornarmos.

Alice! Receba este conto encantado
e guarde-o junto aos sonhos infantis,
com todo o carinho e cuidado,
entrelaçando-o aos fios místicos da memória,
como a grinalda murcha de um andarilho espantado
com as aventuras vividas em terras remotas.

Sumário

I. A toca do coelho **11**

II. O lago de lágrimas **19**

III. Uma corrida em bando e um caso de cabo a rabo **28**

IV. Tudo por conta do Bill **36**

V. Conselho da Lagarta **47**

VI. Porco e pimenta **56**

VII. Um chá maluco **68**

VIII. O campo de croqué da Rainha **78**

IX. A história da Tartaruga de Mentira **89**

X. A quadrilha da Lagosta **100**

XI. Quem roubou as tortas? **109**

XII. O depoimento de Alice **117**

I
A toca do coelho

Alice estava aborrecida por ter de ficar sentada ao lado da irmã à beira do lago sem nada para fazer; tentara dar uma ou duas espiadelas no livro que a irmã estava lendo, mas ele não tinha figuras nem diálogos, "e do que adianta um livro", pensou Alice, "sem figuras nem diálogos?".

Estava, então, perdida nos próprios pensamentos (tanto quanto possível, pois o calor a deixava sonolenta e lerda até para pensar), perguntando a si mesma se o prazer de fazer uma grinalda de margaridas valeria o esforço de se levantar para colher as flores, quando, de repente, um coelho branco de olhos cor-de-rosa passou correndo por ela.

Alice não viu nada de *tão* extraordinário naquilo, nem achou *tão* estranha assim a forma como o Coelho repetia para si mesmo:

— Ai, minha nossa! Minha nossa! Estou muito atrasado!

(Ao pensar sobre o fato um pouco mais tarde, ocorreu-lhe que deveria, sim, ter estranhado, mas, na hora, aquilo lhe pareceu bastante natural); porém, quando o Coelho *tirou um relógio do bolso do colete*, verificou as horas e saiu em disparada, Alice se levantou bem rápido, pois lhe passou pela cabeça que nunca tinha visto um coelho de colete e muito menos puxando um relógio do bolso. Tomada de curiosidade, saiu correndo pela campina atrás dele e o alcançou bem a tempo de vê-lo mergulhar em uma grande toca de coelho embaixo de uma cerca viva.

E lá foi Alice, bem atrás dele, sem parar para pensar de que jeito conseguiria sair daquele buraco.

A toca do coelho se estendia como um túnel que de repente ficava tão íngreme que Alice nem teve tempo de pensar em parar antes de se ver caindo no que parecia ser um poço muito fundo.

Ou era um poço muito fundo ou ela caiu muito devagar, pois teve bastante tempo enquanto caía para olhar em volta e imaginar o que aconteceria em seguida. Primeiro, olhou lá embaixo para tentar ver para onde estava indo, mas estava escuro demais para enxergar qualquer coisa; foi quando começou a olhar para as laterais do poço e notou que havia ali vários louceiros e estantes de livros; ali e acolá, também viu mapas e quadros pendurados em pregos. Pegou um pote em uma das prateleiras enquanto caía; havia um rótulo escrito "GELEIA DE LARANJA", mas, para sua grande decepção, estava vazio; não queria soltar o vidro por medo de matar alguém lá embaixo, então, conseguiu colocá-lo em um dos armários pelos quais passou durante a queda.

"Bem", pensou Alice com seus botões, "depois de uma queda como esta, nunca mais vou ter medo de cair da escada! Como vão me achar corajosa lá em casa! Pois eu não diria nadinha sobre o tombo, nem mesmo se eu caísse do alto do telhado!" (O que provavelmente era verdade.)

E foi caindo, caindo, caindo. Será que *nunca* acabaria de cair?

— Quantos quilômetros será que já caí até agora? — perguntou em voz alta. — Acho que já estou bem pertinho do centro da Terra. Deixe-me pensar: isso seriam mais de seis mil quilômetros de profundidade, eu acho... — (Veja só você, Alice tinha aprendido muitas coisas desse tipo na escola, e embora aquela não fosse uma oportunidade *muito* boa de mostrar seus conhecimentos, já que não havia ninguém para ouvir, ainda assim, era uma boa forma de treinar.) — Ah, sim, acho que essa é a distância. Mas qual será a latitude e a longitude em que vou parar? — (Alice não fazia a menor ideia do que era latitude e muito menos longitude, mas se sentia muito inteligente ao dizer tais palavras.)

Logo depois, começou a falar de novo.

— Fico imaginando se vou *atravessar* a Terra! Que engraçado seria chegar ao lugar onde as pessoas andam de cabeça para baixo! As antipatias,[1] eu acho... — (Ela ficou muito feliz por não ter *ninguém* para escutá-la desta vez, pois aquela não parecia ser a palavra correta.) — Mas vou ter de perguntar qual é o nome do país delas. Por favor, madame, poderia me informar se estou na Nova Zelândia ou na Austrália? — (E tentou fazer uma reverência enquanto falava... Imagine só *fazer uma reverência* durante uma queda livre! Você acha que conseguiria?) — E que garotinha ignorante ela vai me achar por ter perguntado! Ah, não, não posso perguntar. Não mesmo. Talvez eu encontre o nome escrito em algum lugar.

E continuou caindo, caindo, caindo. Como não havia mais nada a fazer, Alice logo recomeçou a tagarelar:

— Pois eu acho que Dinah vai sentir muita saudade de mim esta noite! — (Dinah era a gata.) — Espero que se lembrem de lhe dar um pires de leite na hora do chá. Dinah, minha querida! Gostaria que estivesse aqui comigo! Temo não ter visto nenhum ratinho por aqui, mas talvez você conseguisse pegar um morcego, afinal, morcegos são ratos alados, não é mesmo? Mas será que gatos comem ratos alados?

Neste momento, Alice começou a ficar com muito sono e começou a repetir em tom sonolento:

---

1. Aqui Alice queria dizer "antípodas", palavra que, segundo o *Dicionário Houaiss da Língua Portuguesa*, significa "habitante do globo que, em relação a outro, vive em lugar diametralmente oposto". (N.T.)

— Será que gatos comem ratos alados? Será que gatos comem ratos alados? — E às vezes: — Será que ratos alados comem gatos?

Pois veja só, como não sabia responder a nenhuma das duas perguntas, não importava muito a ordem das palavras. Sentiu que estava cochilando e até tinha começado a sonhar que estava passeando de mãos dadas com Dinah e conversando com ela com muita seriedade.

— Diga-me a verdade, Dinah, você já comeu um rato alado?

E, de repente: *bum, bum*! Ela caiu em um montinho de galhos e folhas secas, e finalmente a queda terminou.

Alice não se machucou nem um pouquinho e foi logo se levantando. Olhou para cima, mas estava muito escuro para enxergar qualquer coisa. Diante dela, havia outro longo corredor, e lá estava o Coelho Branco, andando apressado por ali. Não havia tempo a perder: lá se foi Alice, veloz como o vento, e chegou bem na hora de ouvi-lo dizer ao dobrar uma esquina:

— Minha nossa, como estou atrasado!

Ela estava bem atrás dele, mas, assim que ela dobrou a esquina, o Coelho tinha desaparecido, e Alice se viu sozinha em um salão grande e baixo, iluminado por uma fileira de lampiões pendurados no teto.

Havia portas em volta do salão, mas estavam todas trancadas, e, depois de dar a volta completa tentando abrir cada uma delas, foi tristonha até o meio, imaginando como haveria de sair dali.

De repente, se deparou com uma mesinha de três pernas, toda feita de vidro grosso; não havia nada em cima dela a não ser uma pequenina chave de ouro. O primeiro pensamento de Alice foi que a chave serviria para abrir uma das portas, mas infelizmente ou as fechaduras eram grandes demais ou a chave era muito minúscula, e decerto não abriria nenhuma delas. No entanto, na segunda volta, percebeu um cortina baixa que não notara antes, e, atrás dela, havia uma portinha de uns quarenta centímetros de altura; tentou enfiar a minúscula chave na fechadura e, para sua alegria, encaixou direitinho!

Alice abriu a portinha e descobriu que levava a uma passagem pequena, não muito maior do que a toca de um rato: ela se ajoelhou para espiar e se deparou com o jardim mais lindo que já tinha visto. Ah, como queria sair daquele salão escuro e passear por aqueles canteiros de flores coloridas com chafarizes de água fresca, mas nem mesmo sua cabeça passava pela abertura; "… e ainda que passasse", pensou Alice, "não seria de muita ajuda, porque de nada serve a cabeça sem meus ombros. Ah, como eu gostaria de poder me encolher como um telescópio! Acho que eu conseguiria se soubesse por onde começar!". Pois, veja só, tantas coisas fora do comum tinham acontecido que Alice havia começado a pensar que pouquíssimas coisas eram realmente impossíveis.

Não fazia muito sentido ficar parada perto da portinha, então, Alice voltou para a mesa com a esperança de encontrar outra chave, ou, quem sabe, um manual de instruções que ensinasse a encolher como um telescópio. Desta vez, porém, ela encontrou uma garrafinha.

— Com certeza, isto não estava aqui antes — Alice falou.

Em volta do gargalo havia um papel com as palavras "BEBA-ME" escritas com letras grandes e bonitas.

Tudo bem dizer "Beba-me", mas a pequena Alice, que não era boba nem nada, não ia fazer *aquilo às* pressas.

— Nada disso. Vou olhar primeiro para ver se há algum aviso de *veneno*.

Pois ela já tinha lido várias historinhas sobre crianças que tinham se queimado ou sido devoradas por feras, e outras coisas desagradáveis, tudo por *não terem se lembrado* de regras simples que os amigos lhes ensinaram; por exemplo, que o ferro em brasa queima, que faca afiada corta e faz sair sangue do dedo quando a gente faz um corte *muito* profundo; e Alice nunca tinha se esquecido de que, se você beber uma grande quantidade de uma garrafa marcada com aviso de "veneno", é quase certo que, cedo ou tarde, vai passar mal.

No entanto, não havia *nenhum* aviso de "veneno" naquela garrafa, então, Alice se arriscou a provar. Como achou o sabor bem gostoso (era, na verdade, um misto de torta de cereja, pudim de leite, abacaxi, peru assado, bala de caramelo e torrada quentinha com manteiga), ela logo bebeu tudo.

*   *   *   *
*   *   *
*   *   *   *

— Que sensação curiosa! — disse Alice. — Devo estar encolhendo como um telescópio.

E estava mesmo! Media agora apenas vinte e cinco centímetros de altura e ficou muito feliz ao perceber que tinha o tamanho certo para passar pela portinha que levava ao lindo jardim. Mas, antes de sair, achou melhor esperar mais um pouco para ver se ia encolher ainda mais; sentia-se um pouco nervosa com isso e disse para si mesma:

— Eu posso encolher até sumir, como uma vela que derrete até acabar. O que será que aconteceria comigo então?

Começou a imaginar o que acontece com a chama de uma vela depois que a vela é apagada, pois não conseguia se lembrar de já ter visto tal coisa.

Depois de um tempo, ao perceber que nada mais aconteceu, decidiu sair logo para o jardim, mas... pobre Alice! Assim que chegou à porta, descobriu que tinha se esquecido da chavinha de ouro, e, quando voltou para pegá-la, percebeu que não tinha como alcançá-la em cima da mesa; conseguia vê-la direitinho pelo vidro, mas, por mais que tentasse subir pelos pés da mesa, acabava escorregando. Quando se cansou de tentar, sentou-se no chão e pôs-se a chorar.

— Ah, de nada adianta chorar deste jeito! — disse Alice para si mesma com veemência. — Acho melhor você parar com isso agora mesmo!

Ela costumava dar bons conselhos a si mesma (embora raramente os seguisse) e, às vezes, se repreendia de modo tão severo até os olhos ficarem marejados. Certa vez, tentou puxar a própria orelha por ter trapaceado a si mesma em um jogo de croqué, pois esta menina peculiar gostava muito de fingir ser duas pessoas.

— Mas do que adianta fingir ser duas agora? — perguntou-se a pobre Alice. — Não quando estou tão pequena que não chego a formar sequer uma *única* pessoa respeitável!

Logo seus olhos foram atraídos para uma caixinha de vidro que estava embaixo da mesa: ela a abriu e encontrou um bolinho bem pequeno, com as palavras "COMA-ME" escritas com groselhas.

— Bem, vou comer — disse Alice. — E, se isso me fizer crescer, vou alcançar a chave lá em cima, e se me fizer encolher ainda mais, posso passar por baixo da porta. Então, seja como for, vou conseguir sair para o jardim, e não me importo se vou crescer ou diminuir!

Ela deu uma mordidinha e perguntou-se com certa ansiedade:

— Maior ou menor? Maior ou menor?

Estendeu a mão acima da cabeça para sentir se estava crescendo e ficou bem surpresa ao descobrir que continuava do mesmo tamanho. Decerto, era exatamente o que costumava acontecer quando alguém comia um bolo, mas Alice tinha começado a esperar que coisas extraordinárias acontecessem, e parecia bem enfadonho e sem graça que a vida continuasse tão comum.

Então, resolveu se esforçar e comeu o bolo inteirinho.

II
O lago de lágrimas

— Estranhíssimo! Estranhíssimo! — exclamou Alice (tão surpresa naquele momento que quase se esqueceu do jeito certo de falar). — Agora, estou me abrindo como o maior telescópio do planeta! Adeus, pezinhos! — (Pois, quando olhou para baixo, quase não os viu, tão longe estavam.) — Ah, pobres pezinhos, quem será que vai colocar as meias e calçar os sapatos em vocês, meus queridos? É claro que *eu* não vou conseguir! Vou estar tão distante que nem vou pensar em vocês. Vão ter de se virar como puderem... Mas preciso ser boazinha com eles — raciocinou Alice —, caso contrário, talvez não queiram me levar para onde quero ir! Deixe-me pensar... Sempre hei de dar a eles um lindo par de botas no Natal.

E ela continuou a planejar com seus botões como conseguiria isso. "Vou precisar de um portador, isso, sim", pensou. "E seria bem engraçado mandar presentes para os próprios pés! Imagine só como o endereço seria estranho...

Ilustríssimo Senhor Pé Direito de Alice,
Tapete da lareira,
Pertinho da grade.
(com amor, Alice)".

— Minha nossa, melhor parar de pensar bobagens!

Bem naquele momento, a cabeça de Alice bateu no teto do salão, pois, na verdade, ela estava agora com quase três metros de altura, e ela logo pegou a chavinha de ouro e correu para a portinha que dava para o jardim.

Pobre Alice! Pois tudo que podia fazer era se deitar de lado e olhar para o jardim com um olho só; mas passar por ali estava mais impossível do que nunca; ela se sentou e pôs-se a chorar de novo.

— Mas que vergonha... — disse Alice. — Uma moça desse tamanho — (e estava falando a mais pura verdade) — chorando desse jeito! Pare agora mesmo, que estou mandando!

Mas de nada adiantou, pois continuou derramando rios e rios de lágrimas até se formar um grande lago de dez centímetros de profundidade à sua volta, chegando quase ao meio do salão.

Depois de um tempo, ouviu passinhos ao longe e logo enxugou os olhos para ver quem vinha lá. Era o Coelho Branco, voltando, muito bem-vestido, com luvinhas brancas de pelica em uma das mãos e um grande leque na outra; vinha ligeiro e com muita pressa, resmungando, afobado, para si mesmo:

— Ah! A Duquesa, a Duquesa! Ah, ela vai ficar furiosa se tiver de esperar ainda mais!

O desespero de Alice era tamanho que ela estava disposta a pedir ajuda a qualquer um; então, quando o Coelho se aproximou, ela assim o fez, começando com voz baixa e tímida:

— Com licença, senhor...

O Coelho teve um sobressalto e deixou cair as luvinhas brancas de pelica e o leque, fugindo apressado para a escuridão o mais rápido que pôde.

Alice pegou o leque e as luvas e, como fazia calor no salão, começou a se abanar enquanto falava:

— Minha nossa… Que dia esquisito esse de hoje! E pensar que ontem mesmo tudo estava tão normal. Será que fui trocada durante a noite? Deixe-me ver… Eu era a mesma quando acordei hoje de manhã? Tenho a impressão de me lembrar de uma sensação um pouco diferente. Mas, se não sou a mesma, a pergunta que não quer calar é: "Quem sou eu, afinal?". Ah, *esse* é o verdadeiro enigma!

E ela pôs-se a pensar em todas as crianças que conhecia, que tinham a mesma idade que ela, para verificar se poderia ter se transformado em uma delas.

— Decerto, não sou a Ada — disse ela. — Pois o cabelo dela é todo cacheado e o meu é bem lisinho. Também tenho certeza de que não posso ser a Mabel, pois sei de tantas e tantas coisas, e ela, coitada, sabe tão pouquinho... Além disso, *ela* é ela, e *eu* sou eu... Ah, minha nossa, que grande enigma é tudo isso! Vou tentar ver se ainda sei todas as coisas que eu costumava saber. Vejamos aqui: quatro vezes cinco é doze, e quatro vezes seis é treze, e quatro vezes sete é... Ah, minha nossa... Nunca hei de chegar ao vinte nesse ritmo! No entanto, a tabuada não importa. Que tal um pouco de geografia? Londres é a capital de Paris, e Paris é a capital de Roma, e Roma... Não, não, está *tudo* errado, tenho certeza! Devo ter me transformado na Mabel! Vou tentar recitar a rima da abelhinha que começa com "*Como pode...*"[2]

E ela cruzou as mãos no colo, como se estivesse repetindo a lição, mas sua voz parecia rouca e estranha, e as palavras saíram completamente diferentes:

Como pode o pequeno crocodilo
a cauda comprida balançar,
a caminho do rio Nilo
para nas águas profundas mergulhar?

Ele parece alegre a sorrir
enquanto escancara a bocarra
para os peixinhos aos montes engolir,
com calma e sem algazarra!

---

2. A rima correta seria:
"*How doth the little busy bee*
Improve each shining hour,
And gather honey all the day
From every opening flower!". (N.T.)

— Tenho certeza de que essas não são as palavras certas — disse a pobre Alice com os olhos marejados novamente. — No fim das contas, devo ser a Mabel, e vou ter de viver naquela casinha minúscula sem quase nenhum brinquedo para brincar. Ah, e tantas, tantas lições para aprender! Não, não, já tomei minha decisão quanto a isso: se realmente sou a Mabel, hei de ficar aqui embaixo! E de nada vai adiantar se alguém enfiar a cabeça no buraco e chamar "Volte logo, queridinha!", pois vou olhar para cima e responder: "Então, diga-me quem eu sou. Responda primeiro, e, se eu gostar de quem sou, hei de subir; mas, se eu não gostar, é aqui mesmo que vou ficar até ser outra pessoa...". Ah, céus! — exclamou Alice em meio a uma explosão repentina de lágrimas. — Como eu queria que *alguém* enfiasse a cabeça no buraco! Estou *tão* farta de ficar sozinha aqui!

Ao dizer isso, ela olhou para as mãos e ficou surpresa ao perceber que tinha colocado as luvinhas brancas de pelica do Coelho enquanto conversava consigo mesma.

— Como isso é *possível*? Devo estar encolhendo de novo.

Ela se levantou e se aproximou da mesa para ter noção do próprio tamanho e percebeu que devia estar com uns sessenta centímetros de altura, mas continuava encolhendo rapidamente; logo se deu conta de que a causa daquilo era o leque que segurava e se apressou em soltá-lo, bem a tempo de evitar encolher até desaparecer.

— Ufa! Essa foi por *pouco*! — disse Alice, um pouco assustada com a mudança repentina, mas muito feliz por ver que ainda existia. — E agora vou para o jardim.

Foi correndo para a portinha, mas, céus! A portinha havia se fechado de novo, e a chavinha de ouro estava em cima da mesa de vidro, exatamente como antes, "e as coisas estão piores do que nunca", pensou a pobrezinha, "pois nunca fui tão pequena assim. Nunca mesmo! E declaro que tudo está horrível, isso sim!".

E, quando as palavras saíram de sua boca, seu pé escorregou e, em um instante, *Tchibum!*, ela estava com água salgada até o pescoço. Seu primeiro pensamento foi que, de alguma forma, ela havia caído no mar.

— Nesse caso, posso voltar de trem — ela disse para si mesma.

(Alice só tinha visto o mar uma vez na vida, e chegara à conclusão de que, aonde quer que fosse no litoral da Inglaterra, haveria de encontrar o mar lotado de cabines móveis,[3] algumas crianças cavando a areia com pás de madeira e uma fileira de casinhas atrás de uma estação de trem.)

No entanto, logo percebeu que se encontrava no lago de lágrimas que tinha chorado quando estava com quase três metros de altura.

— Eu gostaria de não ter chorado tanto! — disse Alice, enquanto nadava para lá e para cá tentando encontrar a saída.

— E acho que vou ter de lidar com as consequências, afogando-me em minhas próprias lágrimas! Decerto, isso *vai ser* muito esquisito. Mas hoje está tudo esquisito mesmo!

---

3. No original, "*bathing machines*", espécie de cabines móveis de madeira, com rodas, usadas nos séculos XVIII e XIX, que eram transportadas até o mar por cavalos, para que as mulheres pudessem se trocar já perto do mar a fim de manter o decoro em praias da Europa. (N. T.)

Bem nesse momento, ouviu algo se debatendo na água um pouco distante de onde estava e foi nadando até lá para ver o que era; primeiro, achou que poderia ser uma morsa, ou, quem sabe, um hipopótamo, mas então se lembrou de como estava pequena agora e logo viu que se tratava de um rato que tinha caído na água, exatamente como ela.

"Será que adiantaria alguma coisa", pensou Alice, "falar com esse rato? Tudo é tão fora do comum aqui embaixo que eu não estranharia nada se ele soubesse falar. De qualquer forma, não custa nada tentar."

Então, ela começou assim:

— Oh, Rato, o senhor sabe como sair deste lago? Estou cansada de tanto nadar por aqui. Oh, Rato! — (Alice achou que aquele era o jeito certo de se dirigir a um rato. Nunca havia feito nada parecido, mas se lembrou de ter visto aquilo na gramática em que o irmão dela estudava latim, "um rato... de um rato... ao rato... o rato... Oh, rato!".) O Rato lançou um olhar inquisidor e pareceu piscar um dos olhinhos para ela, mas nada disse.

"Talvez não entenda inglês", pensou Alice. "Atrevo-me a dizer que estou diante de um rato francês que veio para cá com Guilherme, o Conquistador." (Pois, com todo o seu conhecimento de história, Alice não tinha muita noção de quanto tempo havia se passado desde algum acontecimento.)

Então, ela tentou de novo:

— *Où est ma chatte?*[4] — Que era a primeira frase de seu livro de francês.

O Rato teve um sobressalto repentino, com o corpinho saindo da água, e pareceu tremer de medo.

— Ah, queira me desculpar! — Alice foi rápida em dizer, temendo ter ferido os sentimentos do pobrezinho. — Eu me esqueci de que você não gosta de gatos.

---

4. "Onde está minha gata?" (N.T.)

— Não gosto mesmo! — exclamou o Rato com uma voz aguda e nervosa. — *Você* gostaria, se fosse eu?

— Bem, talvez não — respondeu Alice com voz suave. — Não se zangue com isso, mas eu bem que gostaria de lhe mostrar a nossa gata Dinah. Acho que você gostaria de gatos se a visse. Ela é tão carinhosa e calminha... — continuou Alice, quase como se estivesse falando consigo mesma enquanto nadava no lago. — E ela ronrona tão satisfeita perto da lareira, lambendo as patinhas e lavando o focinho... E ela é tão macia para abraçar... e é ótima caçadora de ratos... Ah, não... Queira me desculpar! — exclamou Alice de novo, pois, ao ouvir isso, o Rato se eriçou todinho, e ela sentiu que ele tinha ficado ofendido de verdade. — Nós não precisamos mais falar dela, se assim preferir.

— Nós? Pois sim! — exclamou o Rato, que estava tremendo até a pontinha do rabo. — Como se *eu* fosse falar de um assunto desses! Nossa família sempre *odiou* gatos... seres maldosos, inferiores e vulgares! Não quero ouvir mais nada a respeito!

— Pode deixar que não falarei mais nada! — disse Alice, apressada para mudar o rumo da conversa. — E você... gosta de... de... cachorro?

O Rato não respondeu, então Alice continuou, toda entusiasmada:

— Tem um cachorrinho tão bonzinho lá perto de casa. Você tem que ver. Um *terrier* de olhinhos espertos e pelo marrom todo enroladinho! E ele vai buscar as coisas quando você as joga para ele, e se senta e pede comida e faz todo tipo de truque... Uma graça! Nem me lembro de tudo que ele sabe fazer. O dono dele é um fazendeiro, sabe? E ele disse que o cachorrinho é tão útil que vale cem libras! Contou que ele mata todos os ratos e... Ai, céus! — exclamou Alice com tristeza, enquanto pensava "Acho que eu o ofendi de novo!".

O Rato já estava nadando para longe dela, o mais rápido que conseguia, espirrando água para todos os lados.

Então, ela o chamou baixinho:

— Querido Rato! Volte aqui, e não vamos falar nem de gatos nem de cachorros, já que não gosta deles!

Ao ouvir aquilo, o Rato se virou e voltou nadando devagar na direção de Alice; o focinho estava pálido que só (de emoção, pensou a menina), e ele disse em uma voz muito baixa de tão trêmula:

— Vamos voltar para a margem para eu lhe contar a minha história. Aí, você vai entender por que odeio gatos e cachorros.

Estava mesmo na hora de sair daquele lago, já cheio de pássaros e outros animais que tinham caído lá dentro; lá estavam um pato, um dodó, um papagaio e um filhote de águia, além de várias outras criaturas estranhas. Alice foi na frente, e o grupo todo foi nadando atrás.

III
Uma corrida em bando e um caso de cabo a rabo

Realmente era um grupo bem esquisito aquele reunido ali na margem do lago: os pássaros com as penas encharcadas e os outros animais com os pelos grudados no corpo, todos ensopados, mal-humorados e muito incomodados.

Claro que o que eles mais queriam saber era como se secar; eles confabularam sobre o assunto e, depois de alguns minutos, Alice começou a achar tudo bastante natural, e ela mesma entrou na conversa, como se já os conhecesse desde sempre. Na verdade, teve uma longa discussão com o Papagaio, que ficou muito irritado e começou a repetir:

— Sou mais velho que você e muito mais experiente.

Só que Alice não podia aceitar uma coisa daquelas sem saber exatamente quantos anos ele tinha, e, como o Papagaio se recusava terminantemente a informar a própria idade, nada mais havia a ser dito.

Por fim, o Rato, que parecia ser alguém respeitado no meio deles, ordenou:

— Sentem-se agora mesmo e ouçam com atenção! Já, já, *eu mesmo* vou deixar todo mundo sequinho!

Todos se apressaram a obedecer, formando um grande círculo em volta do Rato, que ficou bem no meio. Alice manteve os olhos fixos nele, sentindo-se bem ansiosa, pois tinha certeza de que acabaria gripada se não se secasse logo.

— Aham! — pigarreou o Rato com ar de grande importância. — Estão todos prontos? Esta é a coisa mais seca que conheço. Silêncio total e absoluto, por favor. "Guilherme, o Conquistador, cuja causa tinha o apoio do papa, logo se submeteu aos ingleses, que desejavam ter líderes e haviam começado a se acostumar com usurpação e conquista. Edwin e Morcar, os condes de Mércia e Nortúmbria..."

— Oh, oh! — exclamou o Papagaio, estremecendo.

— O que disse? — perguntou o Rato, franzindo o cenho, mas de forma bem-educada. — Pode repetir?

— Eu não disse nada! — exclamou o Papagaio bem rapidinho.

— Achei que sim — retrucou o Rato. — Pois hei de prosseguir... "Edwin e Morcar, os condes de Mércia e Nortúmbria, declararam-se a favor dele; e até mesmo Stigand, o patriótico arcebispo de Canterbury, achou isso aconselhável..."

— Achou *o quê*? — perguntou o Pato.

— Achou *isso*... — respondeu o Rato já um pouco irritado. — Decerto, sabe o que "isso" significa.

— Claro que sei o que significa. Quando *eu* acho alguma coisa — disse o Pato —, geralmente isso é uma rã ou uma minhoca. Mas quero saber o que foi que o arcebispo achou!

O Rato não deu atenção à pergunta e continuou:

— "... achou isso aconselhável e acompanhou Edgar Atheling a um encontro com Guilherme para lhe oferecer a coroa. A conduta de Guilherme no início foi moderada. Mas a insolência dos normandos..." — Nesse ponto, ele se virou para Alice e perguntou: — E como você está, meu bem?

— Mais encharcada do que nunca — respondeu Alice em tom melancólico. — Parece que isso não está funcionando nadinha para me secar.

— Nesse caso — disse o Dodó em tom solene —, proponho que a reunião seja encerrada para a adoção imediata de medidas mais enérgicas...

— Fale direito! — interveio a Águia. — Não conheço o significado de metade das palavras que você falou. Aliás, acho que nem você sabe! — E a Águia baixou a cabeça para esconder um sorriso debochado. Algumas outras aves deram risadinhas.

— O que eu ia dizer — Dodó proferiu, em tom ofendido — era que, para nos secarmos, a melhor coisa a se fazer é uma corrida em bando.

— O que *é* uma corrida em bando? — perguntou Alice, não porque ela realmente quisesse saber, mas o Dodó tinha parado de falar como se esperasse que *alguém* dissesse alguma coisa, e ninguém parecia muito disposto.

— Ora, bolas! — disse o Dodó. — A melhor forma de explicar é colocando a mão na massa.

(E, como talvez você queira tentar fazer isso em algum dia de inverno, vou contar o que o Dodó fez.)

Primeiro, ele demarcou a pista de corrida como se traçasse um tipo de círculo.

— A forma exata não importa muito — esclareceu ele.

E, então, todo o grupo foi posicionado ao longo da pista, ali e acolá. Ninguém contou o "Um, dois, três e já!", mas cada um começou a correr na hora que quis e saiu na hora que quis, por isso, não foi muito fácil saber quando a corrida acabou. No entanto, depois de correrem por meia hora, mais ou menos, já estavam todos quase secos, então, de repente, o Dodó determinou:

— A corrida acabou!

E todos se reuniram em volta dele ofegantes e perguntando:

— E quem ganhou?

Mas o Dodó não sabia responder, então, pôs-se a pensar, pressionando os dedos na testa (em uma pose bem parecida com a de Shakespeare nos retratos), e assim ficou por muito tempo, enquanto todos aguardavam em silêncio. Por fim, o Dodó disse:

— *Todo mundo* ganhou, e todos devem ser premiados.

— Mas quem vai dar os prêmios? — perguntou um coro forte de vozes.

— Ora, bolas! *Ela,* é claro! — disse o Dodó apontando para Alice com um dos dedos.

Então, todo o bando logo a cercou, gritando de forma bem confusa:

— Prêmios! Prêmios!

Alice não sabia o que fazer, então, desesperada, enfiou a mão no bolso e tirou dali uma latinha de frutas cristalizadas (por sorte, a água salgada não as tinha molhado). Ela a abriu e distribuiu as frutinhas como prêmio. Uma para cada um, todas redondinhas.

— Mas ela também tem que receber um prêmio, não acham? — perguntou o Rato.

— Mas é claro! — concordou o Dodó num tom sério. — E o que mais você tem no bolso? — ele perguntou para Alice.

— Só um dedal —Alice respondeu com tristeza.

— Pois passe ele para cá — disse o Dodó.

Todos, então, se reuniram em volta dela mais uma vez, enquanto o Dodó a premiava solenemente dizendo:

— Suplicamos que aceite este elegante dedal.

E, quando terminou o breve discurso, todos deram vivas.

Alice achou aquilo tudo um grande absurdo, mas todos pareciam tão sérios que ela não teve coragem de rir e, como não conseguiu pensar em nada mais para dizer, simplesmente fez uma reverência e aceitou o dedal com o ar mais solene que conseguiu.

Em seguida, comeram as frutinhas, o que causou barulho e confusão, pois os pássaros grandes reclamaram que não sentiram gosto de nada, e os pequenos se engasgaram e precisaram receber tapinhas nas costas. No entanto, quando tudo terminou e todos se sentaram de novo em círculo, imploraram ao Rato para que contasse mais uma história.

— Você prometeu me contar sua história, lembra? — disse Alice. — E o motivo de odiar tanto os *aus* e *miaus* — acrescentou em um sussurro, temendo ofendê-lo de novo.

— Posso contar o caso de cabo a rabo, mas é comprido e desolado — disse o Rato, virando-se para Alice e suspirando.

— Nossa... — respondeu a menina olhando para o rabo do Rato com espanto. — É bem comprido, de fato. Mas por que me diz que é desolado?

E ela continuou pensando no assunto enquanto o Rato falava; então, a ideia da história para ela foi mais ou menos assim:

— Disse Fúria com gastura
para o rato residente:
"Vou levá-lo a julgamento
para acabar com
este tormento...
Vamos sem demora.
Já está mais que na hora.
Larga de preguiça, que
temos compromisso.
Venha comigo,
vamos à justiça.
Estou com pressa,
e resolver é o que interessa!".
Respondeu, então,
o rato com educação:
"Queira desculpar, meu
senhor, mas julgamento
sem júri nem juiz,
como diz, com
justiça não condiz!".
Mas Fúria
logo rebateu:
"Pode deixar comigo.
Júri e juiz hei de ser.
É como sempre
digo, de tudo
sei fazer.
Não deixo nada
para a sorte,
e o seu destino
é a morte!".

— Você não está prestando atenção! — O Rato repreendeu Alice, muito irritado. — No que está pensando?

— Queira me desculpar — respondeu Alice com submissão. — Mas creio que nós íamos começar a quinta estrofe, não?

— *Nós?*! Há nós aqui por acaso?! — exclamou o Rato, raivoso e indignado.

— Nós? Onde? — perguntou Alice, solícita e pronta para ajudar. — Se não forem cegos, eu os desfaço em um instante.

— Saia para lá — disse o Rato, levantando-se para ir embora. — Você me ofende com suas bobagens.

— Não são bobagens — defendeu-se a pobre Alice. — Mas o senhor se ofende por qualquer coisa.

O Rato só guinchou como resposta.

— Volte, por favor, e termine de contar a história! — pediu Alice.

Os outros logo se juntaram em coro:

— Conta! Conta!

Mas o Rato só meneou a cabeça com impaciência e apressou o passo.

— Ah, mas que pena que ele não ficou! — O Papagaio suspirou assim que o Rato sumiu de vista.

E a velha Carangueja aproveitou a oportunidade de dizer para a filha:

— Ah, queridinha! Aprenda bem esta lição, é melhor nunca perder a calma!

— Pode parar por aí, mãe! — respondeu a filha, insolente. — Você é capaz de acabar com a paciência de qualquer um!

— Ah, como eu queria que nossa Dinah estivesse aqui... É o que eu mais queria... — disse Alice em voz alta para ninguém em particular. — Com certeza, ela o traria de volta!

— E posso saber quem é essa tal de Dinah? — indagou o Papagaio.

Alice respondeu animada, pois adorava falar sobre sua gatinha.

— Dinah é a nossa gata. E ela é a melhor para lidar com ratos. Pega-os todos! E, ah, eu gostaria que vissem só o que ela faz com os pássaros! Não pode ver um que já o devora inteirinho!

Tal declaração causou uma verdadeira comoção entre os bichos ali reunidos. Alguns fugiram na hora, sem se despedir. O velho Corvo logo começou a se encolher e disse:

— Ah, eu preciso voltar logo para casa. Este sereno não faz nada bem para minha voz.

O Canário chamou com voz trêmula os filhotes:

— Vamos logo que já passou da hora de irem para a cama!

As desculpas foram muitas, enquanto todos se despediam até Alice ficar totalmente só.

— Ah, talvez tivesse sido melhor não falar nada sobre Dinah — disse para si mesma em tom melancólico. — Ninguém aqui embaixo parece gostar dela. Mas tenho certeza de que ela é a melhor gata do mundo! Ah, querida Dinah! Será que vamos nos ver de novo?

Foi quando a pobre Alice começou a chorar de novo, pois se sentia muito só e desanimada. Pouco tempo depois, porém, ouviu passinhos distantes e olhou ansiosa, meio que esperando ver o Rato, que talvez tivesse mudado de ideia e resolvido voltar para acabar de contar a história.

IV
Tudo por conta do Bill

Era o Coelho Branco voltando devagar e parecendo bastante ansioso, como se tivesse perdido alguma coisa no caminho; e ela o ouviu resmungando:

— A Duquesa! A Duquesa! Ah, minhas santas patinhas! Ah, meus bigodes e meus pelinhos! Ela vai mandar me executar! Tenho certeza absoluta! Onde será que perdi? Onde? Onde?

Alice percebeu naquele instante que ele estava procurando o leque e as luvas brancas de pelica e, de boa vontade, começou a procurar também, mas pareciam não estar em lugar nenhum — tudo parecia ter mudado desde que saíra do lago, e o grande salão, com a mesa de vidro e a portinha, tinha desaparecido por completo.

Logo o Coelho se deu conta da presença de Alice, enquanto ela vasculhava todos os cantos, e a chamou com tom zangado:

— Ora, ora, Mary Ann, o que *você* está fazendo aqui? Volte já para casa e me traga um par de luvas e um leque! Vá agora mesmo!

E Alice ficou tão assustada que saiu correndo na direção que ele apontou sem nem tentar explicar o equívoco.

— Ele me confundiu com a criada — disse para si mesma, enquanto corria. — Pois ele há de ficar muito surpreso quando descobrir quem eu sou! Mas é melhor buscar o leque e as luvas... se eu conseguir encontrá-los.

Assim que as palavras saíram da sua boca, ela viu uma casinha charmosa em cuja porta havia uma placa de bronze lustrosa na qual se lia: "COELHO BRANCO". Foi entrando sem bater e subiu as escadas correndo, temendo muito encontrar a verdadeira Mary Ann e ser expulsa antes que tivesse a chance de achar o leque e as luvinhas.

— Que estranho isso tudo... — disse Alice, falando sozinha. — Estar seguindo as ordens de um coelho! Imagino que Dinah será a próxima a me dar ordens!

E ela logo começou a imaginar que a conversa seria assim:

— Senhorita Alice! Venha cá neste minuto e se arrume para o nosso passeio.

— Já estou indo! Mas tenho de vigiar essa toca de rato, senão ele pode sair.

E Alice voltou para seu raciocínio:

— Só que acho que não vão permitir que Dinah fique lá em casa se ela ficar dando ordens para as pessoas desse jeito!

Àquela altura ela tinha encontrado um quartinho bem-arrumado, com uma mesa perto da janela, sobre a qual havia (conforme o esperado) um leque e dois ou três pares de luvinhas brancas de pelica; ela pegou o leque e um par de luvas e estava prestes a sair do quarto quando seus olhos avistaram uma garrafinha ao lado do espelho. Não havia nenhum rótulo daquela vez com as palavras "BEBA-ME", mas mesmo assim ela tirou a rolha e levou a garrafinha aos lábios.

— Certamente, *alguma* coisa interessante há de acontecer — disse para si mesma —, como sempre acontece quando como ou bebo alguma coisa aqui. Então, vamos ver o que esta garrafinha faz. Espero que me faça crescer de novo, pois já estou farta de ser uma coisinha tão pequena.

E foi o que aconteceu, e muito mais rápido do que Alice esperava; antes mesmo de tomar metade da garrafa, percebeu que sua cabeça pressionava o teto, então, teve de se curvar para não quebrar o pescoço. Ela logo largou a garrafa e disse:

— Acho que é o suficiente... Espero não crescer mais. Do jeito que está, já não consigo passar pela porta. Gostaria de não ter bebido tanto!

Que pena! Tarde demais para desejar tal coisa! Ela continuou crescendo cada vez mais, e logo precisou se ajoelhar; mais um minuto se passou e não havia mais espaço, e ela tentou se deitar no chão, apoiando um cotovelo contra a porta e colocando o outro braço em volta da cabeça. Mesmo assim, continuou crescendo e, como último recurso, enfiou um dos braços pela janela e um pé chaminé acima, dizendo:

— Não há mais nada que eu possa fazer agora, não importa o que aconteça. O que *será* de mim?

Para a sorte de Alice, o efeito da garrafinha mágica chegou ao fim e ela não cresceu mais; ainda assim, estava muito desconfortável, e como parecia não haver chance de sair do quarto de novo, não era de estranhar que ela se sentisse muito infeliz.

— As coisas eram muito melhores lá em casa — raciocinou a pobre Alice —, quando ninguém estava crescendo nem encolhendo e recebendo ordens de ratos e coelhos. Bem que eu gostaria de não ter entrado na toca do coelho... Só que... Só que... Tudo aqui é tão interessante, sabe? Esse tipo de vida! Fico imaginando o que *pode* acontecer comigo! Quando eu lia contos de fadas, imaginava que aquele tipo de coisa nunca acontecia, e aqui estou eu, bem no meio de um! Pois há de haver um livro escrito sobre mim, isso sim! E, quando eu crescer, vou escrever um... Mas já estou crescida agora — acrescentou ela com pesar.

— Pelo menos, não há mais espaço para eu crescer *aqui*.

Contudo, Alice continuou sua linha de raciocínio:

— Mas será que *nunca* vou ficar mais velha do que sou agora? Seria reconfortante de certa forma... Nunca ser uma velha. Só que sempre vou ter de estudar muitas lições! Ah, eu não ia gostar nadinha *disso*!

Ela continuou conversando consigo mesma e respondeu:

— Ah, que tola você é, Alice! Como há de aprender lições aqui? Veja só, você nem cabe direito neste lugar, e não sobrou espaço para nenhum livro de estudos!

E ela continuou assim, em um vaivém entre os lados, criando uma conversa bastante intensa, mas, depois de alguns minutos, ouviu uma voz lá fora e parou para escutar.

— Mary Ann! Mary Ann! — chamou a voz. — Traga-me as luvas agora mesmo!

Seguiu-se o som de patinhas na escada. Alice percebeu que era o Coelho que vinha procurar por ela e se tremeu todinha, fazendo a casa balançar, sem se dar conta de que estava umas mil vezes maior que o Coelho e não tinha motivo para temê-lo.

Bem naquele instante, o Coelho apareceu na porta e tentou abri-la, mas, como a porta abria para dentro e o cotovelo de Alice a pressionava com força, a tentativa foi em vão. Alice, então, ouviu-o resmungar:

— Vou dar a volta e entrar pela janela.

"*Não* vai mesmo!", pensou Alice, e ficou esperando até ouvir o Coelho bem embaixo da janela. Foi quando abriu a mão e tentou agarrar alguma coisa no ar. Não conseguiu pegar nada, mas ouviu um gritinho e uma queda e o som de vidro espatifado, então concluiu que o Coelho talvez tivesse caído em algum tipo de estufa para pepinos ou algo assim.

Em seguida, ouviu a voz zangada do Coelho.
— Pat! Pat! Onde você está?
E, então, a resposta de uma voz que ela nunca tinha ouvido:
— Aqui estou. Aqui estou! Cavando em busca de maçãs, excelença!
— Cavando em busca de maçãs, pois sim! — retrucou o Coelho, zangado. — Venha cá! Venha me ajudar a sair *daqui*!
(Mais barulho de vidro quebrado.)
— Agora, diga-me, Pat, o que é aquilo saindo da janela?
— É evidente, é um *blaço, excelença*! — (Ele pronunciou assim mesmo.)
— Um braço? Mas que bobagem! Quem já viu um braço tão grande assim? Ocupa a janela inteira!
— Sim, sim, *excelença*. Mas é um *blaço* mesmo.

— Seja como for, ele não deveria estar ali. Vá até lá e resolva isso!

Seguiu-se um longo silêncio depois disso, e Alice só conseguia ouvir sussurros e cochichos de vez em quando, como:

— Claro, não gosto nada disso, *excelença*. Não gosto nada mesmo!

— Faça o que estou mandando, seu covarde!

E, por fim, Alice abriu a mão de novo para tentar agarrar alguma coisa. Dessa vez, ouviu *dois* gritinhos e o som de mais vidro quebrado.

"Eles devem ter muitas estufas de pepino!", pensou Alice. "O que será que vão fazer agora? Ah, como eu gostaria que *conseguissem* me tirar pela janela! Tenho certeza de que não *quero* ficar aqui nem mais um minuto!"

Ficou esperando por um tempo sem ouvir mais nada até que escutou o som de rodinhas de uma carroça e muitas vozes falando ao mesmo tempo, mas ela conseguiu entender algumas coisas:

— Onde está a outra escada?

— Ora, eu só precisava trazer uma. Bill tem a outra...

— Bill, traga a escada aqui, meu rapaz!

— Aqui, vamos colocar neste canto.

— Não, é melhor amarrá-las primeiro.

— Elas não chegam nem à metade ainda...

— Oh! Vai dar certo. Não seja tão exigente...

— Aqui, Bill! Segure esta corda.

— O telhado vai aguentar?

— Cuidado com aquela telha solta.

— Ixi! Está caindo! Abaixem-se!

(Um barulhão.)

— Agora, quem foi que fez isso?

— Acho que foi o Bill.

— Quem vai descer pela chaminé?

— *Eu* é que não vou! Vai *você*!

— *Isso* eu não faço mesmo!
— É o Bill que tem que descer.
— Venha cá, Bill! O patrão diz que você tem que descer pela chaminé!

Foi quando Alice disse para si mesma:

— Hum... Então, é o tal Bill que vai descer pela chaminé, não é? Minha nossa... Mas parece que eles jogam tudo em cima do Bill! Não queria ser ele nem por um minuto. Esta lareira parece bem estreita, mas *acho* que consigo dar um chute.

Ela encolheu a perna na chaminé o máximo que conseguiu até ouvir o som de um animalzinho (ela não sabia qual era) arranhando a chaminé e se mexendo bem próximo a ela, então, disse para si mesma:

— Este é o Bill.

Ela deu um chute forte e esperou para ver o que ia acontecer.

A primeira coisa que ouviu foi um coro dizendo:

— Lá vai o Bill!

Nesse momento, o Coelho disse:

— Agarrem ele aí, vocês que estão perto da cerca!

Então, houve um silêncio, seguido por mais uma confusão de vozes:

— Segure a cabeça dele...
— Um pouco de conhaque...
— Não o deixe se engasgar.
— O que foi que aconteceu, meu velho? Conte tudinho!

Por fim, ela ouviu uma vozinha fraca e aguda ("Só pode ser o Bill", pensou Alice).

— Bom, eu não sei bem... Não mais que vocês. Não quero mais bebida, obrigado. Estou melhor agora. Estou um pouco abalado com tudo isso, para dizer a verdade. Tudo que sei é que algo me atacou como um daqueles bonecos de mola que saltam para fora quando a gente abre a caixa. E eu saí voando como um foguete!

— Ah, voou mesmo, meu velho! — disseram os outros.

— Pois vamos queimar a casa! — disse o Coelho.

Nesse momento, Alice falou o mais alto que pôde:

— Se fizerem isso, vou mandar a Dinah pegar vocês!

Seguiu-se o mais absoluto silêncio, e Alice começou a pensar com seus botões "O que será que *vão* fazer agora? Se tiverem um pingo de juízo, vão tirar o telhado!". Depois de um ou dois minutos, eles começaram a se mexer de novo e Alice conseguiu ouvir o Coelho:

— Um carrinho de mão cheio deve dar. Pelo menos, para começar.

"Um carrinho cheio de *quê*?", pensou Alice, mas não precisou esperar muito, pois no instante seguinte uma chuva de pedrinhas arredondadas atingiu a janela. Algumas acertaram seu rosto.

— Pois vou pôr um fim nisso agora mesmo! — disse ela para si mesma antes de gritar: — É melhor não fazerem isso de novo! — E, assim, todos ficaram em silêncio.

Alice notou, um pouco surpresa, que as pedras estavam se transformando em bolinhos espalhados pelo chão, então, teve uma ótima ideia: "Se eu comer um desses bolinhos, isso decerto vai me fazer mudar de tamanho. E, como não posso crescer ainda mais, imagino que eu vá ficar menor!".

Alice devorou um dos bolinhos e ficou muito feliz ao perceber que logo começou a encolher. Assim que ficou pequena o suficiente para passar pela porta, saiu correndo da casa e se deparou com uma multidão de aves e outros bichinhos esperando por ela do lado de fora. O pobre Lagarto Bill estava bem no meio, amparado por dois porquinhos-da-índia, que lhe davam algo para beber de uma garrafa. Todos partiram para cima de Alice no instante em que ela apareceu, mas ela saiu correndo o mais rápido que pôde e logo percebeu que estava sã e salva em uma densa floresta.

— A primeira coisa que tenho de fazer — disse Alice para si mesma, enquanto vagava pela floresta — é voltar para o meu tamanho normal. E a segunda é encontrar o caminho para aquele lindo jardim. Acho que esse será o melhor plano.

Parecia um excelente plano, sem sombra de dúvida, bem direto e simples. A única dificuldade era que Alice não fazia a menor ideia de como conseguir aquilo, e, embora estivesse ansiosa e olhando de um lado para outro por entre as árvores, um latido baixo bem acima de sua cabeça a fez olhar para cima bem depressa.

Um enorme filhote de cachorro estava olhando para ela com olhos redondos e grandes e estendendo a patinha com cuidado, tentando tocá-la.

— Ah, tadinho! — disse Alice em um tom carinhoso, e ela se esforçou para assobiar, mas ficou com medo de que o cãozinho pudesse estar com fome, e, nesse caso, poderia devorá-la inteirinha, apesar de todo o carinho.

Sem saber bem o que fazia, a menina pegou um graveto e o ofereceu para o filhote, que saltitou no ar, elevando as patinhas do chão, dando um latido de prazer, e correu para pegar o galho como se fosse atacá-lo; então, Alice se escondeu atrás de um grande cardo para não ser pisoteada e, no instante em que apareceu do outro lado, o cãozinho correu outra vez para tentar pegar o graveto e, na pressa de agarrá-lo, acabou caindo. Alice, então, pensando que aquilo se parecia muito com um jogo, e esperando ser esmagada a qualquer momento pelo filhote, se escondeu atrás do cardo de novo. Foi quando o cãozinho começou a saltitar em direção ao galho, aproximando-se um pouco, afastando-se um pouco e emitindo latidos roucos o tempo todo, até por fim se sentar a uma boa distância, ofegante, com a língua pendurada para fora da boca e os grandes olhos semicerrados.

Alice achou que aquela era uma boa oportunidade para escapar e saiu correndo até ficar bem cansada e sem fôlego e até o latido do cãozinho soar bem distante.

— Ah, mas que fofinho era aquele filhote! — exclamou Alice, enquanto se apoiava em um ranúnculo amarelo para descansar e se abanava com uma das folhas. — Pois eu bem que gostaria de ensinar-lhe uns bons truques, se... se eu tivesse o tamanho certo para fazer isso! Ah, céus! Quase me esqueci de que preciso crescer de novo! Deixe-me ver... Como posso conseguir *isso*? Imagino que eu deva comer ou beber uma coisa ou outra, mas a grande questão é: o quê?

Decerto, aquela era a grande questão. Alice olhou em volta, para as flores e as folhas de grama, mas não conseguiu ver nada que pudesse ser a coisa certa a comer ou beber naquelas circunstâncias. Havia um grande cogumelo crescendo perto de onde ela estava, mais ou menos do mesmo tamanho que ela, e quando foi até lá e procurou de um lado e de outro e atrás e na frente, ocorreu-lhe que deveria vasculhar para ver se havia alguma coisa na parte de cima também.

Ficou nas pontinhas dos pés e espiou pela beirada do cogumelo, e seus olhos logo se depararam com uma grande lagarta azul que estava sentada ali em cima com os braços cruzados enquanto fumava em um longo narguilé sem prestar atenção em Alice nem em nada à sua volta.

V
Conselho da Lagarta

A Lagarta e Alice ficaram se olhando por um tempo em silêncio; por fim, a Lagarta tirou o narguilé da boca e se dirigiu à menina com voz lânguida e sonolenta:

— Quem é *você*?

Não era um começo de conversa muito encorajador. Alice respondeu meio tímida:

— Eu... Eu não sei bem quem sou neste momento. Pelo menos, sei quem eu *era* quando acordei hoje de manhã, mas acho que já devo ter mudado várias vezes desde então.

— O que você quer dizer com isso? — perguntou a Lagarta muito brava. — Explique-se agora mesmo!

— Temo que não seja possível *me* explicar — respondeu Alice —, porque eu não sou eu, entende?

— Não entendo — disse a Lagarta.

— Receio não conseguir explicar de forma mais clara — respondeu Alice com toda educação —, pois, para começar, não entendo o que está acontecendo; além disso, mudar de tamanho tantas vezes em um dia é muito confuso.

— Não é, não — retrucou a Lagarta.

— Bem, talvez você apenas não saiba disso ainda — disse Alice —, mas, quando se transformar em uma crisálida, que é o que vai acontecer, você sabe, e depois em borboleta, creio que há de se sentir um pouco estranha, não acha?

— Não mesmo — respondeu a Lagarta.

— Bem, talvez seus sentimentos sejam diferentes — disse Alice. — O que eu sei é que tudo isso seria muito estranho para *mim*.

— Para você! — disse a Lagarta com desdém. — Quem é *você*?

Isso as fez voltar ao início da conversa. Alice ficou um pouco irritada com a Lagarta por dar respostas *tão* curtas, então, se encheu de coragem e declarou com seriedade:

— Pois eu acho que é melhor que me diga primeiro quem *você* é.

— Por quê? — perguntou a Lagarta.

Ali estava outra pergunta difícil de responder, e, como Alice não conseguiu pensar em nenhum bom motivo, e como a Lagarta parecia estar *muito* mal-humorada, a menina deu meia-volta para ir embora.

— Volte aqui! — chamou a Lagarta. — Tenho algo importante a dizer!

Aquilo decerto parecia promissor. Alice se virou e voltou.

— Controle seu temperamento — disse a Lagarta.

— Isso é tudo? — perguntou Alice, engolindo a raiva da melhor forma possível.

— Não — respondeu a Lagarta.

Alice achou melhor esperar, já que não tinha nada para fazer, e podia ser que, depois de tudo, a Lagarta talvez dissesse algo que valesse a pena ouvir. Por alguns minutos, a Lagarta ficou exalando a fumaça sem falar nada, mas, por fim, ela descruzou os braços, tirou o narguilé da boca e disse:

— Então, você acha que mudou, não é?

— Temo que sim — respondeu Alice. — Não consigo me lembrar das coisas como antes. E não consigo permanecer do mesmo tamanho nem por dez minutos sequer!

— *Do que* não consegue se lembrar? — quis saber a Lagarta.

— Bem, eu tentei recitar os versos de "Como pode a abelhinha", mas saiu completamente diferente! — respondeu Alice em tom melancólico.

— Então, recite para mim o poema "Está velho, meu pai"[5] — pediu a Lagarta.

Alice cruzou as mãos e começou:

"Está velho, meu pai", disse o rapaz,
"com cabelo branco de algodão;
plantar bananeira é tão audaz
não teme tomar um belo tombão?"

"Na juventude", disse o pai com prazer,
"eu temia ficar lelé da cuca;
mas não tenho agora nada a temer
porque sou cabeça-dura."

---

5. Referência ao poema "You are old, Father William", de autoria do poeta inglês Robert Southey (1774-1843), do qual Alice acaba recitando uma paródia. (N.T.)

"Está velho", disse o filho admirado,
"e virou uma bolota;
mas por que continua obstinado
a sair pela porta virando cambalhota?"

"Na juventude", disse o pai animado,
"consegui ficar muito forte,
tomando esse tônico barato.
Que tal tomá-lo para ter a mesma sorte?"

"Está velho e desdentado",
disse o jovem com sinceridade.
"Como consegue devorar um ganso assado
sem a menor dificuldade?"

"Na juventude", disse o pai, "eu tinha de roer
o pão duro dado pelos parentes,
e era obrigado a agradecer
apesar de perder todos os dentes."

"Está velho", disse o filho, "e há de se imaginar
que a visão não seja mais tão precisa.
Mas ainda consegue equilibrar
no nariz uma enguia comprida?"

"Já respondi a três perguntas e basta",
disse o pai, exasperado.
"O tempo agora se gasta.
Vá embora ou dou-lhe um chute bem dado."

— Não está muito certo — disse a Lagarta.

— Temo que não *mesmo* —Alice concordou com timidez.

— Algumas palavras saíram erradas.

— Está tudo errado, do início ao fim — declarou a Lagarta, decidida.

Seguiram-se alguns minutos de silêncio antes de a Lagarta começar a falar.

— De que tamanho você quer ser? — perguntou ela.

— Ah, não me importo com o tamanho — apressou-se Alice a responder. — Só não queria ficar mudando toda hora, sabe?

— Eu *não* sei — respondeu a Lagarta.

Alice nada disse, pois nunca tinha sido tão contestada na vida, e sentia-se prestes a perder a paciência.

— Está satisfeita agora? — perguntou a Lagarta.

— Bem, eu gostaria de ser um *pouquinho* maior, se não se importar — disse Alice. — Sete centímetros é uma altura triste demais para se ter.

— Pois é uma ótima altura, na verdade! — A Lagarta estava zangada, empertigando-se enquanto falava (pois ela tinha exatamente sete centímetros).

— Mas não estou acostumada com tal altura — argumentou a pobre Alice em tom humilde. E pensou com seus botões: "Gostaria que essas criaturas não se ofendessem com tanta facilidade!".

— Pois há de se acostumar rapidinho — retrucou a Lagarta, colocando o narguilé na boca e começando a fumar de novo.

Desta vez, Alice esperou pacientemente a Lagarta voltar a falar. Depois de um ou dois minutos, a Lagarta tirou o narguilé da boca, bocejou uma ou duas vezes e se sacudiu. Então, desceu do cogumelo e saiu rastejando pela grama, fazendo apenas um simples comentário enquanto passava:

— Um lado vai fazê-la crescer, e outro lado vai fazê-la encolher.

"Um lado *de quê*? O outro lado *de quê*?", perguntou-se Alice em pensamento.

— Do cogumelo — respondeu a Lagarta como se a menina tivesse feito a pergunta em voz alta; e, em um instante, ela desapareceu de vista.

Alice continuou olhando pensativa para o cogumelo, tentando descobrir qual lado fazia o quê; e, como ele era perfeitamente redondo, achou a pergunta bem difícil de responder. No entanto, por fim, ela abriu os braços em volta dele o máximo que conseguiu e quebrou uma pontinha com cada uma das mãos.

— E agora? Qual é qual? — perguntou para si mesma e deu uma mordidinha no pedaço que estava na mão direita para experimentar o efeito; no instante seguinte, sentiu um golpe sob o queixo; ele tinha batido em seu pé!

A menina ficou bem assustada com aquela mudança tão repentina, mas sentiu que não havia tempo a perder, já que estava encolhendo bem rapidinho; então, se apressou a dar uma mordidinha no outro pedaço. O queixo estava tão colado no pé que ela mal pôde abrir a boca, mas por fim ela conseguiu engolir um bom bocado do pedaço da mão esquerda.

* * * *
* * *
* * * *

— Vejam só, minha cabeça finalmente está livre! — exclamou Alice, toda feliz, mas o sentimento logo se transformou em susto quando ela percebeu que não conseguia encontrar os próprios ombros; tudo que conseguia ver ao olhar para baixo era a extensão imensa do próprio pescoço, que parecia se erguer como um caule saindo de um mar de folhas verdes que estava bem abaixo dela.

— O que *será* que são aquelas coisas verdes? — perguntou-se Alice. — E onde meus ombros *foram* parar? Oh! Minhas pobres mãos! Por que não consigo vê-las?

Ela mexia as mãos enquanto falava, embora não houvesse resultado algum, a não ser por uma leve ondulação nas folhas verdes ao longe.

Como parecia não haver a menor chance de levar as mãos à cabeça, ela tentou baixar a cabeça em direção às mãos, e ficou encantada ao perceber que era bem fácil curvar o pescoço e virá-lo de um lado para o outro como se fosse uma serpente. Tinha conseguido curvá-lo para baixo em um zigue-zague gracioso e já ia mergulhar entre as folhas — que, na verdade, eram a copa das árvores sob as quais ela tinha vagado — quando um zunido forte a fez voltar com pressa; uma grande pomba tinha se aproximado de seu rosto e agora batia as asas violentamente contra ela.

— Serpente! — berrou a Pomba.

— *Não* sou uma serpente! — respondeu Alice com indignação. — Deixe-me em paz!

— Serpente, eu repito! — disse a Pomba, mas em um tom mais controlado, e acrescentou com um chorinho: — Eu tentei de todos os modos, mas nada parece dar certo!

— Não faço a mínima ideia do que você está falando — disse Alice.

— Tentei raízes das árvores e tentei barrancos e tentei cercas — continuou a Pomba, sem lhe dar atenção —, mas aquelas serpentes! Nada parece agradá-las!

Alice estava encafifada, mas imaginou que não adiantava dizer nada até a Pomba terminar.

— Como se já não fosse trabalho suficiente chocar os ovos — disse a Pomba —, ainda tenho que ficar de olho nas serpentes dia e noite! Ora, não preguei os olhos nas últimas três semanas!

— Sinto muito por sua irritação — disse Alice, que começara a entender o que estava acontecendo.

— E agora que eu consegui um lugar na árvore mais alta do bosque — continuou a Pomba em um grito esganiçado —, logo quando eu achava que me veria livre delas, elas aparecem descendo do céu! *Ugh!* Serpente!

— Mas eu *não* sou uma serpente, estou dizendo! — exclamou Alice. — Sou uma... Sou uma...

— Sim? *O que* você é? — perguntou a Pomba. — Percebo que está tentando inventar alguma coisa!

— Sou... Sou uma garotinha — disse Alice, parecendo duvidar um pouco enquanto se lembrava das muitas mudanças que aconteceram com ela durante o dia.

— Até parece que vou acreditar! — O tom da Pomba era do mais profundo desprezo. — Já vi muitas garotinhas na vida, mas *nenhuma* que tivesse um pescoço como este! Não, não! Você é uma serpente, e não adianta negar. Imagino que você vai me dizer agora que nunca comeu um ovo!

— É claro que já *comi* ovo — disse Alice, que era uma criança muito sincera. — Mas garotinhas comem tantos ovos quanto as serpentes, sabe?

— Não acredito em você — declarou a Pomba —, mas, se elas comem, tudo que posso dizer é que são um tipo de serpente.

Aquilo era uma ideia tão nova para Alice que ela ficou em silêncio por um ou dois minutos, o que deu à Pomba a oportunidade de acrescentar:

— Você está procurando ovos, sei muito bem *disso*. E que me importa se é uma garotinha ou uma serpente?

— Pois a *mim* importa muito — apressou-se Alice a dizer —, mas, na verdade, não estou procurando ovos e, mesmo que estivesse, não pegaria os *seus*. Não gosto de ovo cru.

— Bem, então, vá embora! — disse a Pomba num tom ofendido enquanto se acomodava de novo no ninho.

Alice se curvou de novo em meio às árvores da melhor forma que conseguiu, pois o pescoço ficava enganchando nos galhos, então, ela precisou parar algumas vezes para soltá-lo. Depois de um tempo, ela se lembrou que ainda tinha nas mãos os pedaços de cogumelo e começou a trabalhar com muito cuidado, dando uma mordidinha em um pedaço e depois no outro, crescendo algumas vezes e encolhendo em outras, até que conseguiu voltar a seu tamanho normal.

Já fazia tanto tempo desde que tivera o tamanho certo que se sentiu um pouco estranha no início, mas, depois de alguns minutos, acostumou-se, e logo começou a falar consigo mesma, como sempre fazia:

— Ah, metade do plano concluído! Que confusas são todas essas mudanças! Nunca sei o que vou ser de um minuto para o outro! No entanto, voltei para meu tamanho certo, e agora preciso entrar naquele lindo jardim. Mas me pergunto como vou *conseguir* tal feito...

Ao dizer isso, ela de repente se viu em uma clareira onde havia uma casinha de pouco mais de um metro de altura. "Quem quer que more aqui não vai gostar nada se eu chegar *neste* tamanho, pois vai morrer de medo!", ela pensou. Então, ela mordeu um pedacinho do cogumelo da mão direita e não se aproximou da casa até ficar mais ou menos com uns vinte centímetros.

VI
Porco e pimenta

Por um ou dois minutos, Alice ficou olhando para a casa, imaginando o que deveria fazer, quando, de repente, um criado de uniforme veio correndo do bosque (imaginou que fosse um criado porque estava de uniforme, mas, se fosse julgar apenas pelo rosto, ela o teria chamado de peixe). Ele começou a bater com força na porta. Outro criado de uniforme a abriu, ele tinha o rosto redondo e olhos grandes como os de um sapo; e os dois criados, percebeu Alice, tinham cabelo empoado e enrolado que cobria toda a cabeça. A menina ficou curiosa para saber o que se passava, então, se afastou um pouco do bosque para ouvir o que diziam.

O Criado-Peixe tirou um grande envelope de debaixo do braço, quase tão grande quanto ele, e o entregou para o outro, declarando em tom solene:

— Para a Duquesa. Um convite da Rainha para jogar croqué.

O Criado-Sapo repetiu, com o mesmo tom solene, apenas mudando um pouco a ordem das palavras:

— Da Rainha. Um convite para a Duquesa jogar croqué.

Em seguida, os dois fizeram uma mesura e os cachos se embolaram.

Alice caiu na risada diante da cena, então, precisou correr de volta ao bosque, pois temia que a ouvissem. Quando espiou de novo, o Criado-Peixe já tinha partido, e o outro estava sentado no chão perto da porta olhando para o céu com uma expressão abobada no rosto.

Alice aproximou-se timidamente da porta e bateu.

— Não adianta bater — disse o Criado. — E existem dois motivos para isso. O primeiro é porque estou do mesmo lado da porta que você. O segundo, porque estão fazendo tanto barulho lá dentro que ninguém vai ouvir.

De fato, *vinha* um barulhão de lá de dentro: espirros e berros constantes e, de vez em quando, um estrondo, como se um prato ou uma chaleira tivesse se espatifado no chão.

— Por favor — pediu Alice —, pode, então, me dizer como faço para entrar?

— Talvez houvesse algum sentido na sua batida à porta — continuou o Criado sem responder à pergunta — se tivéssemos uma porta entre nós. Por exemplo, se você estivesse *lá dentro*, poderia bater, e eu a deixaria sair, entendeu?

Ele manteve os olhos fixos no céu o tempo todo enquanto falava, e Alice achou aquilo decerto um tanto rude. "Mas talvez ele não consiga evitar", pensou ela com seus botões. "Os olhos dele estão *muito* perto do alto da cabeça. De qualquer forma, talvez ele possa responder a algumas perguntas."

— Como faço para entrar? — repetiu ela um pouco mais alto.

— Vou ficar sentado aqui até amanhã...

Nesse momento, a porta da casa se abriu e um grande prato saiu voando na direção da cabeça do Criado-Sapo, mas passou raspando pelo nariz dele e se espatifou em uma das árvores atrás dele.

— ... ou talvez até depois de amanhã — continuou o Criado, exatamente no mesmo tom, como se nada tivesse acontecido.

— Como faço para entrar? — insistiu Alice ainda mais alto.

— Será que *deve* entrar? — perguntou o Criado. — Essa é a primeira pergunta que deve fazer, sabe?

É claro que sim, só que Alice não gostou nadinha de ouvir aquilo.

— É um verdadeiro horror o modo como todas as criaturas discutem — resmungou para si mesma. — É para deixar qualquer um maluco!

O Criado pareceu achar que aquela seria uma boa oportunidade para repetir seu comentário com algumas variações:

— Acho que vou ficar sentado aqui, o dia todo, por dias e mais dias.

— E o que *eu* devo fazer? — perguntou Alice.

— Qualquer coisa que queira — respondeu o Criado antes de começar a assobiar.

— Ah, de nada adianta conversar com ele — comentou Alice, já desesperada. — Ele é totalmente idiota!

Então, ela simplesmente abriu a porta e entrou.

A porta dava para uma grande cozinha, toda enfumaçada: a Duquesa estava sentada em um banco de três pés, ninando um bebezinho; a cozinheira estava debruçada sobre o fogão, mexendo num grande caldeirão que parecia estar cheio de sopa.

— Acho que tem pimenta demais nesta sopa! — disse Alice para si mesma, prevendo que ia começar a espirrar sem parar.

Com certeza, havia pimenta demais no ar. Até a Duquesa soltava um ou outro espirro; e quanto ao bebê, ele espirrava e chorava, aos berros, de forma alternada, sem sequer fazer um momento de pausa. As únicas duas outras criaturas na cozinha que não espirravam eram a cozinheira e um grande gato que estava sentado perto do fogão com um sorriso de orelha a orelha.

— Por favor — pediu Alice meio tímida, pois não sabia ao certo se era educado ela começar uma conversa primeiro —, poderia me dizer por que seu gato sorri desse jeito?

— É um gato de Cheshire[6] — respondeu a Duquesa. — É por isso. Porco!

Ela disse a última palavra com tamanha violência que Alice se sobressaltou, mas logo percebeu que era dirigida ao bebê, e não a ela, então, tomou coragem e tentou de novo:

— Eu não sabia que os gatos de Cheshire sempre sorriam; na verdade, eu não sabia que gatos *podiam* sorrir.

---

6. Na época em que Lewis Carroll escreveu a obra, no Reino Unido, usava-se a expressão "sorrir como um gato de Cheshire" (exatamente na região onde o autor nasceu) porque havia um famoso queijo em Cheshire (um condado situado no Noroeste da Inglaterra) que era fabricado num molde que tinha a forma de um gato sorrindo. (N.E.)

— Todos podem — disse a Duquesa —, e a maioria sorri.

— Não conheço nenhum que sorria — retrucou Alice com toda a educação, sentindo-se muito feliz de poder opinar na conversa.

— Você não sabe de muita coisa — declarou a Duquesa. — E isso é um fato.

Alice não gostou nadinha do tom do comentário, então, achou que poderia muito bem mudar de assunto. Enquanto ela tentava se decidir, a cozinheira tirou o caldeirão do fogo e logo começou a atirar tudo que estava ao alcance das mãos contra a Duquesa e o bebê: primeiro, os atiçadores de fogo, aos quais logo se seguiu uma chuva de panelas, pratos e bandejas. A Duquesa não deu atenção a nada daquilo, mesmo quando era atingida; e o bebê já estava chorando a plenos pulmões, por isso, era impossível dizer se ele havia se machucado ou não.

— Ora, *por favor*, veja só o que está fazendo! — exclamou Alice dando pulinhos de agonia e terror. — Ah, lá se vai o *perfeito* nariz dele! — disse quando uma panela bem grande passou voando muito perto e quase arrancou o nariz do bebê.

— Se cada um cuidasse do próprio nariz — disse a Duquesa em um grito rouco —, o mundo giraria muito mais rápido do que agora.

— O que não seria vantagem *nenhuma* — retrucou Alice, sentindo-se muito satisfeita por ter a oportunidade de mostrar um pouco de conhecimento. — Imagine só o trabalhão que ia dar em relação ao dia e à noite! Veja bem, a Terra demora 24 horas para dar uma volta completa, e eu guardei essa informação na minha cabeça.

— Falando em cabeça — disse a Duquesa —, cortem-lhe a cabeça!

Muito aflita, Alice olhou para a cozinheira a fim de ver se ela tinha ouvido a ordem, mas a cozinheira estava ocupada mexendo a sopa e, aparentemente, não ouviu, então, a menina continuou:

— *Acho* que são vinte e quatro horas, ou serão doze? Eu...
— Ah, não *me* irrite — disse a Duquesa. — Eu nunca fui boa com números.

E, ao dizer isso, ela começou a ninar o bebê de novo cantando um tipo de cantiga de ninar e sacudindo a criança no final de cada verso:

"Ralhe com seu filhinho
     e dê uma palmada sempre que ele espirrar.
Ele é só um metidinho
     que faz tudo para irritar."

(REFRÃO)
(o qual a cozinheira e o bebê cantaram juntos)
"Ha! Ha! Ha!"

Enquanto entoava a segunda estrofe da cantiga, a Duquesa jogava o bebê para cima com muita violência. O pobrezinho berrava tanto que Alice mal conseguia ouvir a letra:

"Eu ralho com meu filhinho,
     e lhe bato quando espirra.
Quando quer uma pimentinha,
     faz birra, chora e grita!"

(REFRÃO)
"Ha! Ha! Ha!"

— Tome aqui! Pode niná-lo um pouco se quiser! — disse a Duquesa para Alice, entregando-lhe o bebê enquanto falava.
— Preciso me arrumar para jogar croqué com a Rainha.

E, assim, ela saiu rapidamente da cozinha. A cozinheira lançou uma frigideira na direção da Duquesa e errou por um triz.

Alice pegou o bebê com dificuldade, pois era uma criaturinha com um formato bem estranho, com braços e pernas estendidos em todas as direções, "parece até uma estrela-do-mar", pensou Alice. O pobrezinho resfolegava como uma máquina a vapor, quando ela o pegou, e ficava se encolhendo e se esticando sem parar; então, por um ou dois minutos, a menina precisou se esforçar para segurá-lo.

Assim que descobriu a maneira correta de niná-lo (que era revirá-lo em um tipo de nó enquanto segurava firme a orelha direita e o pé esquerdo, para não permitir que o nó se desfizesse), ela saiu com ele para tomar um ar.

— Se eu não levar esse bebê comigo — raciocinou Alice —, decerto vão matá-lo em um ou dois dias. Não seria assassinato se eu o deixasse para trás? — ela disse as últimas palavras um pouco mais alto, e o bebezinho grunhiu em resposta (ele já tinha parado de espirrar a essa altura). — Não faça isso — disse Alice —, é muito feio grunhir dessa forma.

O bebê grunhiu mais uma vez, e Alice olhou atentamente para o rosto dele a fim de ver qual era o problema. Não havia dúvida de que ele tinha um nariz *muito* arrebitado que estava muito mais para focinho do que para um nariz de verdade. Os olhinhos também eram pequenos demais para um bebê. De forma geral, Alice não gostou nadinha da aparência dele. "Mas talvez seja só porque está chorando", pensou a menina, olhando nos olhos dele para ver se havia lágrimas.

Não, não havia nenhuma.

— Se você vai se transformar em um porco, queridinho — disse Alice com seriedade —, não quero ter mais nada que ver com você. Preste atenção!

O pobrezinho soltou um soluço de novo (ou seria um grunhido? Era impossível diferenciar!), e eles ficaram um tempo em silêncio.

Alice estava começando a pensar com seus botões: "E o que devo fazer com esta criatura quando voltar para casa?". Ele grunhiu mais uma vez, tão alto, que ela se assustou e olhou para ele. Dessa vez *não* havia dúvidas: ele era nada mais nada menos que um porco, e ela achou que era bastante absurdo continuar carregando-o nos braços.

Então ela colocou a criaturinha no chão e se sentiu aliviada ao vê-lo sair correndo em silêncio para o bosque.

— Se ele tivesse crescido — disse para si mesma —, teria se transformado em uma criança bem feia, mas acho que, para um porco, até que ele é bem bonitinho.

E ela começou a pensar nas outras crianças que conhecia, que também dariam ótimos porcos, e se pôs a dizer para si mesma:

— Se alguém pelo menos soubesse a forma certa de transformá-los...

Contudo, ela teve um sobressalto ao ver o Gato de Cheshire sentado no galho de uma árvore a alguns metros de onde ela estava.

O Gato sorriu ao ver Alice. Parecia ser bonzinho, pensou ela, embora tivesse garras *tão* longas e muitos dentes também; então, seria melhor tratá-lo com respeito.

— Gatinho de Cheshire — começou ela meio receosa, pois não sabia se ele gostaria de ser chamado assim. Mas ele só abriu ainda mais o sorriso. "Ele parece feliz até agora", pensou Alice antes de continuar: — Você poderia, por gentileza, me dizer qual caminho devo tomar agora?

— Isso depende muito do lugar para onde você quer ir — respondeu o Gato.

— Não me importo muito para onde... — respondeu Alice.

— Então também não importa o caminho que vai tomar — retrucou o Gato.

— ... desde que eu chegue a *algum lugar* — acrescentou Alice para se explicar melhor.

— Ah, com certeza, vai chegar — disse o Gato. — Se andar por tempo suficiente.

Alice sentiu que não tinha como refutar aquilo, então, decidiu fazer outra pergunta.

— Que tipo de gente mora por aqui?

— *Naquela* direção — disse o Gato apontando com a pata —, mora o Chapeleiro. E *naquela* direção — o Gato apontou com a outra pata —, mora a Lebre de Março. Não importa qual visitar, os dois são igualmente malucos.

— Eu não quero me misturar com gente maluca — comentou Alice.

— Ah, não tem como evitar — disse o Gato. — Somos todos malucos por aqui. Eu sou maluco. Você é maluca.

— Como sabe que sou maluca? — perguntou Alice.

— Só pode ser — respondeu o Gato —, ou não teria vindo até aqui.

Alice não sabia se aprovava aquilo, mas resolveu continuar:

— E como sabe que *você* é maluco?

— Para começar — disse o Gato —, um cão não é maluco. Concorda?

— Acho que sim — respondeu Alice.

— Pois muito bem — continuou o Gato —, um cão rosna quando está bravo e abana o rabo quando está feliz. Pois *eu* rosno quando estou feliz e abano o rabo quando estou bravo. Logo, sou maluco.

— *Eu* chamo isso de ronronar, não de rosnar — disse Alice.

— Chame do que quiser — disse o Gato. — Você vai jogar croqué com a Rainha hoje?

— Eu bem que gostaria — respondeu Alice. — Mas ainda não fui convidada.

— Você vai me ver lá — disse o Gato antes de desaparecer.

Alice não ficou muito surpresa com isso, pois já estava bem acostumada com as coisas estranhas que ali aconteciam. Enquanto ela ainda olhava para o lugar onde o Gato estava, ele apareceu de novo, de repente.

— Aliás, o que aconteceu com o bebê? — indagou o Gato. — Quase me esqueci de perguntar.

— Virou um porco — respondeu Alice em voz baixa, como se o Gato tivesse aparecido de forma bem natural.

— Desconfiei mesmo que isso poderia acontecer — disse o Gato, e desapareceu de novo.

Alice aguardou mais um pouco, meio que esperando vê-lo outra vez, mas ele não voltou a aparecer e, depois de um ou dois minutos, ela começou a caminhar na direção em que a Lebre de Março morava.

— Eu já vi chapeleiros antes — disse para si mesma.

— Acho que a Lebre de Março há de ser muito mais interessante e talvez, como já estamos em maio, ela não esteja mais tão maluca... Pelo menos, não tão maluca quanto estava em março.

Enquanto dizia isso, ela olhou para cima, e lá estava o Gato de novo, sentado no galho de uma árvore.

— Você disse porco ou coco? — o Gato perguntou.

— Eu disse porco — respondeu Alice. — E eu bem que gostaria que você não ficasse aparecendo e desaparecendo de forma tão repentina, pois isso deixa as pessoas meio tontas.

— Tudo bem — disse o Gato, e, dessa vez, ele foi desaparecendo bem devagar, começando pela ponta da cauda e terminando com o sorriso, que ficou ali por um tempo depois que o restante do corpo já tinha desaparecido por completo.

"Ora, vejam! Estou acostumada a ver gatos sem sorriso", Alice pensou, "mas nunca vi um sorriso sem um gato! É a coisa mais espantosa que já vi na minha vida!"

Ela não precisou andar muito até se ver diante da casa da Lebre de Março. Achou que só podia ser aquela casa, porque as chaminés tinham formato de orelhas, e o telhado era todo peludinho. Era uma casa bem grande, da qual não se aproximaria até ter comido um pouco mais de cogumelos da mão esquerda, o suficiente para ficar com sessenta centímetros. Enquanto caminhava até lá, meio reticente, disse a si mesma:

— E se no final das contas a Lebre for maluca mesmo? Acho que teria sido melhor se eu tivesse ido para a casa do Chapeleiro!

VII
Um chá maluco

Havia uma mesa posta sob uma árvore bem na frente da casa, e ali a Lebre de Março e o Chapeleiro tomavam chá; um dorminhoco Arganaz estava sentado entre eles, cochilando, e os outros dois o usavam como almofada, onde descansavam os cotovelos, e falavam por sobre a cabeça dele. "Deve ser algo muito desconfortável para o Arganaz", pensou Alice, "mas, como está dormindo, imagino que não se importe."

A mesa era grande, mas os três estavam sentados bem juntinhos em um canto.

— Não há lugar! Não há lugar! — gritaram assim que viram Alice se aproximar.

— Há *muitos* lugares! — disse Alice, indignada, enquanto se sentava em uma grande poltrona à cabeceira da mesa.

— Tome um pouco de vinho — disse a Lebre de Março em tom encorajador.

Alice olhou em volta da mesa, mas não viu nada além de chá.

— Não vejo nenhum vinho por aqui — retrucou a menina.

— É porque não tem — disse a Lebre de Março.

— Não é muito educado de sua parte oferecer o que não tem! — Alice estava zangada.

— E não foi muito educado de sua parte se sentar sem ser convidada — rebateu a Lebre de Março.

— Não sabia que a mesa era *sua* — disse Alice. — Ela foi posta para muito mais de três pessoas.

— O seu cabelo precisa ser cortado — declarou o Chapeleiro, que observava Alice com grande curiosidade havia um tempo e resolveu falar pela primeira vez.

— Você deveria aprender a não fazer comentários pessoais — disse Alice com seriedade. — É deveras rude.

O Chapeleiro arregalou os olhos ao ouvir aquilo, mas tudo que *disse* foi:

— Por que um corvo gosta de uma escrivaninha?

"Ah, vamos nos divertir um pouco agora!", pensou Alice.

— Que bom que começamos com as charadas... Acho que consigo adivinhar a resposta — disse ela em voz alta.

— Quer dizer que acha que consegue encontrar a resposta certa? — perguntou a Lebre de Março.

— Exatamente — respondeu Alice.

— Então, você deveria dizer o que quer dizer — continuou a Lebre de Março.

— E eu disse. — Alice foi rápida para retrucar. — Pelo menos... Pelo menos, eu quero dizer o que eu digo... E isso é a mesma coisa, sabe?

— Não é a mesma coisa. Não mesmo! — disse o Chapeleiro.

— É como dizer que "eu vejo o que eu como" é a mesma coisa que "eu como o que eu vejo"!

E a Lebre de Março acrescentou:

— É como dizer que "eu gosto do que tenho" é o mesmo que "tenho o que gosto"!

— É como dizer — acrescentou o Arganaz, que parecia falar durante o sono — que "eu respiro quando durmo" é o mesmo que "eu durmo quando respiro"!

— Mas *é* a mesma coisa para você — disse o Chapeleiro.

Foi aí que a conversa morreu e todos ficaram em silêncio por um minuto, enquanto Alice pensava em tudo de que se lembrava sobre corvos e escrivaninhas, o que não era muita coisa.

O Chapeleiro foi o primeiro a quebrar o silêncio:

— Em que dia do mês estamos? — Ele se virou para Alice.

Tinha tirado o relógio do bolso e estava olhando para ele com ar preocupado, enquanto o sacudia de vez em quando e o levava à orelha.

Alice pensou um pouco e respondeu:

— Hoje é dia quatro.

— Dois dias de atraso! — O Chapeleiro suspirou. — Eu bem que avisei que manteiga não ia ajudar a funcionar! — acrescentou ele, fulminando a Lebre de Março com o olhar.

— Era a *melhor* manteiga — respondeu a Lebre de Março com toda a calma.

— Verdade, mas algumas migalhas devem ter vindo junto — resmungou o Chapeleiro. — Você não deveria ter usado a faca do pão.

A Lebre de Março pegou o relógio e o olhou com tristeza; em seguida, mergulhou-o na xícara de chá e olhou de novo. No entanto, não conseguiu pensar em nada melhor para dizer além do primeiro comentário:

— Era a *melhor* manteiga, sabe?

Alice estava observando tudo por sobre o ombro dele; então, comentou, meio curiosa:

— Que relógio engraçado! Ele marca o dia do mês, mas não as horas!

— E por que deveria? — resmungou o Chapeleiro. — O *seu* relógio diz em que ano estamos?

— Claro que não! — respondeu Alice de pronto. — Mas isso é porque o ano continua o mesmo por um longo tempo.

— Que é justamente o caso do *meu* — disse o Chapeleiro.

Alice se sentiu terrivelmente confusa. O comentário do Chapeleiro pareceu não fazer o menor sentido para ela, ainda que ele estivesse falando a mesma língua que ela.

— Não o entendo bem — disse ela da forma mais educada que conseguiu.

— O Arganaz voltou a dormir — disse o Chapeleiro enquanto despejava chá quente no nariz dele.

O Arganaz, impaciente, balançou a cabeça e disse, sem abrir os olhos:

— É claro, é claro. Exatamente o que eu mesmo ia dizer.

— Já adivinhou a resposta da charada? — perguntou o Chapeleiro, dirigindo-se a Alice novamente.

— Não, eu desisto — respondeu Alice. — Qual é a resposta?

— Não faço a menor ideia — disse o Chapeleiro.

— Nem eu — disse a Lebre de Março.

Alice suspirou, já cansada:

— Acho que você poderia fazer algo melhor com o seu tempo do que perdê-lo elaborando charadas que não têm respostas.

— Se você conhecesse o Tempo tão bem quanto eu — disse o Chapeleiro —, saberia que é impossível *perdê-lo*.

— Não sei o que você quer dizer — retrucou Alice.

— Claro que não sabe! — disse o Chapeleiro, desdenhoso. — Arrisco-me a dizer que você nunca falou com o Tempo.

— Talvez não — respondeu Alice, cautelosa. — Mas sei que tenho de acompanhar o tempo nas aulas de música.

— Ah, isso explica tudo — disse o Chapeleiro. — Ele detesta ser acompanhado. Agora, se você conseguir ficar de bem com ele, ele fará praticamente qualquer coisa que você quiser com a hora. Por exemplo, imagine que fossem nove horas da manhã, bem na hora de começar as aulas. Você só precisaria cochichar para o Tempo, e ele daria uma giradinha nas horas em um instante! Uma e meia, hora do almoço!

("Bem que eu queria que fosse", sussurrou a Lebre de Março para si mesma.)

— É claro que isso seria bárbaro — disse Alice, pensativa.

— Só que talvez... eu não estivesse com fome para comer, sabe?

— No início, talvez não — respondeu o Chapeleiro. — Mas poderia ser uma e meia pelo tempo que quisesse.

— É assim que *você* faz? — Alice quis saber.

O Chapeleiro meneou a cabeça com tristeza.

— Eu não. Tivemos uma briga em março passado... Um pouco antes de *ela* ficar louca, sabe... — Ele usou a colher de chá para apontar para a Lebre de Março. — Tudo aconteceu no grande concerto organizado pela Rainha de Copas, e eu tive de cantar:

Brilha, brilha, morceguinho.
Quero saber onde está escondidinho.

— Você conhece essa música?

— Acho que já ouvi uma parecida — respondeu Alice.

— Ela é maior — disse o Chapeleiro, continuando. — Bem assim:

Voa bem alto e sem ruído,
como uma bandeja de chá a ser servido.
    Brilha, brilha...

Bem nesse momento, o Arganaz se remexeu e começou a cantar enquanto dormia:

— Brilha, brilha, brilha, brilha...

E continuou assim por tanto tempo que tiveram de lhe dar um beliscão para que parasse.

— E eu mal tinha terminado a primeira estrofe — contou o Chapeleiro — quando a Rainha começou a berrar: "Ele está matando o tempo! Cortem-lhe a cabeça!".

— Que coisa pavorosa e selvagem! — exclamou Alice.

— E desde então — continuou o Chapeleiro em tom triste — ele não faz nada que eu peço! São sempre seis horas, agora.

Alice teve uma ideia brilhante.

— É por isso que tem tanta coisa de chá espalhada pela mesa? — perguntou ela.

— É, sim — respondeu o Chapeleiro dando um suspiro.

— É sempre hora do chá, e nós nem temos tempo de lavar a louça.

— Então, suponho que vocês estão sempre mudando de lugar, não é? — perguntou Alice.

— Exatamente — respondeu o Chapeleiro. — Já que a louça foi usada.

— Mas o que acontece quando chegam ao início de novo? — ela se arriscou a perguntar.

— Que tal mudarmos de assunto? — sugeriu a Lebre de Março, bocejando. — Estou bem cansado disso tudo. Eu voto para que esta jovem nos conte uma história.

— Temo não saber nenhuma — disse Alice, bastante assustada com a proposta.

— Então, o Arganaz há de contar! — exclamaram os dois.

— Acorde logo, Arganaz! — Os dois começaram a beliscá-lo nos flancos.

O Arganaz abriu os olhos devagar.

— Eu não estava dormindo — disse ele com voz rouca e fraca. — Ouvi tudinho que disseram aqui, meus amigos.

— Conte uma história! — pediu a Lebre de Março.

— Ah, sim, por favor, conte... — implorou Alice.

— E seja bem rápido — acrescentou o Chapeleiro —, ou vai dormir antes de terminar.

— Era uma vez três irmãs — começou o Arganaz com muita pressa. — Elas se chamavam Elsie, Lacie e Tillie, e moravam no fundo de um poço...

— E como comiam por lá? — perguntou Alice, que sempre tinha grande interesse em questões de comida e bebida.

— Elas comiam melaço — disse o Arganaz depois de pensar por um ou dois minutos.

— Elas não poderiam só comer isso, sabe? — comentou Alice com suavidade. — Elas ficariam muito doentes.

— E elas ficaram — disse o Arganaz — *muito* doentes.

Alice tentou imaginar como seria viver aquele tipo extraordinário de vida, mas ficou muito confusa e perguntou:

— Mas por que elas moravam no fundo de um poço?

— Tome um pouco mais de chá — disse a Lebre de Março para Alice com determinação.

— Eu não tomei chá ainda — respondeu Alice em tom ofendido. — Então, não posso tomar mais.

— Você quer dizer que não pode tomar *menos* — retrucou o Chapeleiro. — É muito fácil tomar *mais* do que nada.

— Ninguém pediu *sua* opinião — disse Alice.

— Quem está fazendo comentários pessoais agora? — perguntou o Chapeleiro com ar triunfante.

Alice não soube bem o que responder, então, resolveu se servir de chá e pão com manteiga antes de se virar para o Arganaz e repetir a pergunta:

— Mas por que elas moravam no fundo de um poço?

O Arganaz novamente levou um ou dois minutos para pensar no assunto e, então, disse:

— Era um poço de melaço.

— Mas isso não existe!

O tom de Alice foi bem zangado, mas o Chapeleiro e a Lebre de Março começaram:

— Shh! Shh!

E o Arganaz declarou com mau humor:

— Se não consegue ser educada, é melhor você mesma terminar a história.

— Não, queira continuar, por favor — disse Alice com humildade. — Não vou interromper outra vez. Vou fazer de conta que talvez exista *um* poço desses.

— Um, pois sim! — exclamou o Arganaz, indignado, mas aceitou continuar: — E, então, essas três irmãs estavam aprendendo a tirar, sabe?

— E o que elas tiravam? — perguntou Alice já esquecida da promessa de não interromper.

— Melaço — respondeu o Arganaz sem titubear desta vez.

— Quero uma xícara limpa — interrompeu o Chapeleiro. — Vamos mudar de lugar.

Ele avançou um lugar enquanto falava, e o Arganaz o seguiu; a Lebre de Março tomou o lugar do Arganaz, e Alice, de má vontade, foi para o lugar da Lebre de Março. O Chapeleiro foi o único que teve alguma vantagem na mudança, e Alice estava bem pior do que antes, pois a Lebre de Março tinha acabado de derramar leite no prato.

Alice não queria ofender o Arganaz de novo, então, começou com muito cuidado:

— Mas não entendo. Como tiravam o melaço?

— Do mesmo modo que se tira água de um poço de água — disse o Chapeleiro —, se tira melaço de um poço de melaço... Hum... Você é burra?

— Mas elas estavam *dentro* do poço — disse Alice para o Arganaz, optando por ignorar o último comentário do Chapeleiro.

— Claro que estavam — respondeu o Arganaz. — Bem lá no fundo.

Pobre Alice! Ficou tão confusa com aquela resposta que permitiu que o Arganaz continuasse a história por um tempo sem interrompê-lo.

— Estavam aprendendo a tirar — continuou o Arganaz, bocejando e esfregando os olhos, porque estava com muito sono. — E tiravam de tudo de lá. Tudo que começasse com a letra M...

— Por que com M? — perguntou Alice.

— Por que não com M? — perguntou a Lebre de Março.

Alice ficou em silêncio.

O Arganaz já tinha fechado os olhos àquela altura e estava começando a cochilar, mas logo recebeu uns beliscões do Chapeleiro e acordou de novo dando um gritinho antes de continuar:

— ... Com a letra M, coisas como maçã, morangos, Marte e memória e montão... Você já viu alguém tirando um montão?

— Sério? Agora, você me pergunta? — disse Alice muito confusa. — Não penso...

— Então, deveria calar a boca — interrompeu o Chapeleiro.

Tamanha rudeza foi demais para Alice aguentar; ela se levantou bastante aborrecida e saiu de lá. O Arganaz caiu no sono de imediato, e nenhum dos outros dois notou a partida da menina, embora ela tenha olhado para trás duas vezes, meio que esperando que a fossem chamar de volta. Da última vez que olhou, estavam tentando enfiar o Arganaz dentro da chaleira.

— De qualquer forma, nunca mais volto *lá*! — disse Alice enquanto caminhava pelo bosque. — Esse foi o chá mais idiota a que já fui em toda a minha vida!

Assim que disse isso, ela percebeu que uma das árvores tinha uma portinha pela qual dava para entrar. "Que estranho!", pensou ela. "Mas tudo está muito estranho hoje. Então, acho que vou logo entrando." E foi o que fez.

Ela logo se viu em um longo corredor perto de uma mesinha de vidro.

— Vou fazer tudo direitinho desta vez — disse para si mesma.

Começou pegando a chavinha dourada e destrancando a porta que levava ao jardim. Em seguida, passou a mordiscar o cogumelo que guardara no bolso, até ficar apenas com trinta centímetros de altura; depois, ela atravessou a pequena passagem e *então* finalmente se viu no lindo jardim, no meio de maravilhosos canteiros de flores e fontes de água fresca.

VIII
O campo de croqué da Rainha

Havia uma grande roseira bem na entrada do jardim; as rosas que ali cresciam eram brancas, mas havia três jardineiros ocupados em pintá-las de vermelho. Alice achou a cena bem curiosa e se aproximou para observá-los e, bem nessa hora, ouviu um deles dizer:

— Preste atenção, Cinco! Não respingue tinta em mim dessa maneira.

— Foi sem querer — respondeu Cinco em tom de irritação. — O Sete esbarrou no meu cotovelo.

Ao ouvir tal coisa, Sete ergueu o olhar e disse:

— Isso mesmo, Cinco! Sempre jogando a culpa em cima dos outros!

— Olha *quem fala!* — exclamou Cinco. — Eu ouvi a Rainha dizer ontem mesmo que você merecia ser decapitado.

— E por quê? — perguntou o que tinha falado primeiro.

— Não é da *sua* conta, Dois! — retrucou Sete.

— Claro que *é* da conta dele — afirmou Cinco. — E vou contar para ele: foi por ter levado para o cozinheiro raízes de tulipa em vez de cebolas.

Sete baixou o pincel e começou a falar:

— Ah, entre todas as injustiças... — Mas se calou de repente ao se deparar, por acaso, com Alice, que estava parada ali os observando.

Os outros olharam em volta, e todos fizeram uma grande reverência. Então, Alice pediu, muito tímida:

— Será que poderiam me dizer, por favor, por que estão pintando essas rosas?

Cinco e Sete nada disseram, mas olharam para Dois, que começou a explicar em voz baixa:

— Ora, veja bem, o fato, senhorita, é que esta deveria ser uma roseira de rosas *vermelhas*, e, por engano, plantamos rosas brancas. Se a Rainha descobrir, há de mandar cortar nossa cabeça, sabe? Então, veja só, senhorita, estamos fazendo o melhor possível antes que ela venha para...

Bem naquele instante, Cinco, que lançava olhares ansiosos pelo jardim, avisou:

— A Rainha! A Rainha!

Os três jardineiros logo se jogaram de bruços no chão. Alice ouviu o som de muitos passos e olhou em volta, ansiosa para ver a Rainha.

Primeiro, vieram dez soldados carregando paus; todos tinham a mesma forma dos três jardineiros, retangulares e chatos, com mãos e pés nos cantos. Em seguida, dez cortesãos, ornamentados com losangos vermelhos, caminhando de dois em dois, exatamente como os soldados. Depois deles, foi a vez das crianças da família real; havia dez, e os pequeninos vinham saltitando alegremente, de mãos dadas, aos pares, e estavam enfeitados com corações. Por fim, vieram os convidados, na maioria, Reis e Rainhas, e, entre eles, Alice reconheceu o Coelho Branco, que falava com rapidez e nervosismo, sorrindo para tudo que ouvia, passando ao lado dela sem ao menos notá-la. Em seguida, veio o Valete de Copas, carregando a coroa do Rei em uma almofada de veludo vermelho. No fim do grande cortejo, vinham o REI E A RAINHA DE COPAS!

Alice não sabia se também deveria se deitar de bruços como os três jardineiros e não conseguiu se lembrar de já ter ouvido falar de tal regra em cortejos. "Além disso", pensou com seus botões, "de que adiantaria um cortejo assim com as pessoas deitadas de bruços sem conseguir ver nada?" Então, ela ficou parada ali e esperou.

Quando o cortejo ficou em frente a Alice, todos pararam e olharam para ela, e a Rainha perguntou com voz séria:

— Quem é esta?

Ela se dirigiu ao Valete de Copas, que apenas sorriu e fez uma reverência em resposta.

— Idiota! — exclamou a Rainha, inclinando a cabeça com impaciência. Ela se virou para Alice e perguntou: — Como se chama, menina?

— Meu nome é Alice, à disposição, Vossa Majestade — respondeu ela com muita educação.

Mas acrescentou em pensamento: "Ora, eles não passam de um baralho de cartas. Não tenho nada a temer!".

— E quem são *estes*? — perguntou a Rainha, apontando para os três jardineiros que estavam deitados em volta da roseira.

Como estavam de bruços, o padrão nas costas deles era o mesmo do restante do baralho, de modo que ela não tinha como saber se eram jardineiros, soldados ou cortesãos ou três dos próprios filhos.

— Como *posso* saber? — perguntou Alice, surpresa com a própria ousadia. — Esse assunto não tem nada a ver *comigo*.

A Rainha ficou rubra de tanta fúria e, depois de fulminar a menina com o olhar de uma fera selvagem, começou a gritar:

— Cortem-lhe a cabeça! Cortem...

— Que bobagem! — disse Alice em alto e bom som e com muita firmeza.

A Rainha ficou em silêncio.

O Rei pousou a mão no braço dela e pediu com cautela:

— Reconsidere isso, minha querida. É só uma menina!

A Rainha se afastou dele cheia de raiva e disse ao Valete:

— Desvire-os agora mesmo!

O Valete logo obedeceu, usando um dos pés com muito cuidado.

— Levantem-se! — ordenou a Rainha com voz estridente.

Os três jardineiros pularam na hora e começaram a fazer uma reverência para o Rei e para a Rainha e para as crianças da realeza e todos os outros.

— Parem com isso! — berrou a Rainha. — Estão me deixando tonta! — e, virando-se para a roseira, perguntou: — E o que *estão* fazendo aqui?

— Espero que seja do seu agrado, Vossa Majestade — disse o Dois num tom bem humilde enquanto se ajoelhava. — Estávamos tentando...

— *Já* entendi! — disse a Rainha, enquanto examinava as rosas. — Cortem-lhes a cabeça!

E o cortejo avançou; três soldados ficaram para trás a fim de executar os infelizes jardineiros, que correram em direção à Alice em busca de proteção.

— Vocês não vão ser decapitados! — disse a menina, colocando-os em um grande vaso de flores que estava ali perto.

Os três soldados ficaram dando voltas por um ou dois minutos, procurando os jardineiros, e, então, seguiram caminho junto aos outros.

— As cabeças foram cortadas? — gritou a Rainha.

— Sim. As cabeças se foram, como queria, Vossa Majestade! — gritaram os soldados em resposta.

— Isso mesmo! — gritou a Rainha. — Você sabe jogar croqué?

Os soldados ficaram em silêncio e olharam para Alice, pois a pergunta tinha sido dirigida a ela.

— Sei! — gritou Alice.

— Venha logo, então! — berrou a Rainha.

Alice se juntou ao cortejo, imaginando o que poderia acontecer em seguida.

— O dia... O dia está muito agradável! — disse uma voz ao lado dela.

Ela estava caminhando bem ao lado do Coelho Branco, que a olhava com expressão ansiosa.

— Muito — concordou Alice. — Onde está a Duquesa?

— Shh! Shh! — pediu o Coelho com voz baixa e apressada.

Ele lançou um olhar ansioso por sobre o ombro enquanto falava. Então, ficou na pontinha dos pés e sussurrou no ouvido de Alice:

— Ela foi sentenciada à execução.

— Mas por quê? — perguntou Alice.

— Você disse "uma pena!"? — perguntou o Coelho.

— Não — respondeu Alice. — Não acho que seja uma pena. Eu disse "Mas por quê?".

— Por dar um tapão na orelha da Rainha... — o Coelho começou a falar.

Alice soltou uma gargalhada aguda.

— Shh! — cochichou o Coelho em tom amedrontado. — A Rainha vai ouvi-la! Veja bem, ela se atrasou, e a Rainha disse...

— Em seus lugares! — gritou a Rainha com voz trovejante.

As pessoas começaram a correr de um lado para o outro, dando encontrões umas nas outras, mas conseguiram se posicionar em um ou dois minutos, e o jogo logo começou.

Alice achou que nunca tinha visto um campo de croqué tão peculiar quanto aquele: era cheio de elevações e cavidades; as bolas de croqué eram porcos-espinhos vivos, e os bastões eram flamingos, também vivos, e os soldados precisavam se curvar, colocando as mãos no chão, para formar os arcos.

A principal dificuldade de Alice foi manejar seu flamingo: conseguiu encaixar o corpo da ave confortavelmente embaixo

do braço, deixando as pernas penduradas atrás, mas, em geral, bem na hora que conseguia esticar o pescoço do flamingo bem retinho para acertar o porco-espinho, ele *virava* a cabeça e olhava direto para o rosto dela com expressão tão confusa que Alice simplesmente caía na risada. E quando ela finalmente conseguia baixar a cabeça do flamingo para recomeçar, chateava-se ao ver que o porco-espinho tinha se desenrolado e rastejado para longe. Além disso, havia sempre uma saliência ou uma cavidade no caminho para onde queria mandar o porco-espinho, e como os soldados curvados estavam sempre se levantando e seguindo para outras partes do campo, Alice logo chegou à conclusão de que aquele era um jogo bastante difícil. Todos jogavam ao mesmo tempo, sem esperar a própria vez, discutindo o tempo todo e competindo pelos porcos-espinhos. Logo a Rainha ficou furiosa e começou a pisar duro e gritar:

— Cortem-lhe a cabeça! Cortem-lhe a cabeça! — Gritava pelo menos uma vez por minuto.

Alice começou a ficar meio preocupada. Decerto, ainda não tivera nenhuma discussão com a Rainha, mas sabia que aquilo poderia acontecer a qualquer instante, então, pensou "O que será de mim? Eles gostam muito de decapitar pessoas por aqui. Nem sei como resta tanta gente viva!".

Estava procurando uma forma de sair dali sem ser vista quando notou algo curioso no ar; primeiro, ficou intrigada, mas, depois de observar por um ou dois minutos, aquilo a fez sorrir e dizer a si mesma:

— Ah, é o Gato de Cheshire. Agora, vou ter com quem conversar.

— Como está se saindo? — perguntou o Gato assim que a boca apareceu o suficiente para que pudesse falar.

Alice esperou os olhos aparecerem e assentiu. "Não adianta falar com ele", pensou a menina, "até que uma das orelhas tenha aparecido." Em mais um minuto, a cabeça inteira apareceu e Alice soltou o flamingo e começou a explicar o jogo, sentindo-se feliz por ter alguém que a ouvisse. O Gato pareceu achar que só a cabeça bastava, e mais nenhuma parte do corpo apareceu.

— Acho que o jogo não é muito justo — começou Alice em tom de reclamação. — E todos discutem de forma tão terrível que eles não conseguem nem ouvir a si mesmos. E parece não haver nenhuma regra específica... Pelo menos, se houver, ninguém a segue. E você não faz ideia de como é confuso jogar com animais vivos. Por exemplo, tinha um arco que eu precisava ultrapassar que estava caminhando do outro lado do campo. E eu deveria ter acertado o porco-espinho da Rainha bem agora, só que ele fugiu assim que viu o meu se aproximando!

— Gostou da Rainha? — perguntou o Gato em voz baixa.

— Nem um pouco — respondeu Alice. — Ela é tão extremamente... — Mas, bem nessa hora, a menina notou que a Rainha estava atrás dela, ouvindo atentamente, então, emendou: — ... boa nesse jogo, e é certo que vai ganhar. Acho que nem vale a pena terminar de jogar.

A Rainha sorriu e seguiu o caminho.

— Com quem você *está* conversando? — perguntou o Rei, aproximando-se de Alice e olhando para a cabeça do Gato com curiosidade.

— Um amigo meu... Um Gato de Cheshire — disse Alice. — Permita-me que o apresente.

— Não gosto nem um pouco da aparência dele — decretou o Rei. — No entanto, ele pode beijar minha mão, se assim desejar.

— Acho melhor não — respondeu o Gato.

— Não seja impertinente — admoestou o Rei. — E não me olhe assim — ele se colocou atrás de Alice enquanto falava.

— Um gato pode olhar para um rei — disse Alice. — Li isso em algum livro, mas não me lembro qual.

— Bem, ele deve ser retirado daqui. — O Rei foi incisivo e chamou a Rainha, que passava bem naquele momento. — Minha querida! Eu gostaria que este gato fosse retirado daqui.

A Rainha só sabia resolver os problemas, pequenos ou grandes, de uma forma:

— Cortem-lhe a cabeça! — ordenou ela, sem nem olhar em volta.

— Vou eu mesmo chamar o carrasco — respondeu o Rei entusiasmado, antes de sair apressado.

Alice pensou que poderia muito bem voltar para ver como o jogo estava indo quando ouviu a Rainha, a distância, berrando com vigor. Já tinha ouvido a sentença de três jogadores que deveriam ser executados por errar as jogadas, e a menina não gostou nada do que estava vendo. O jogo era tão confuso que ela nunca sabia quando era sua vez ou não. Então, resolveu sair em busca de seu porco-espinho

Ela o encontrou brigando com outro porco-espinho, o que pareceu uma ótima oportunidade de lançar um contra o outro; a única dificuldade era que seu flamingo estava do outro lado do jardim, e Alice viu que ele tentava inutilmente voar para uma árvore.

Quando alcançou o flamingo e o trouxe de volta, os dois porcos-espinhos tinham desaparecido. "Mas não tem importância", pensou Alice, "já que não há mais arcos deste lado do campo." Então, ela colocou o flamingo embaixo do braço para que não fugisse mais e voltou para conversar mais um pouco com seu amigo.

Quando retornou para onde deixara o Gato de Cheshire, ficou surpresa ao ver uma multidão em volta dele. Estava ocorrendo uma discussão entre o carrasco, o Rei e a Rainha, que falavam ao mesmo tempo enquanto todos os outros permaneciam em silêncio e pareciam muito constrangidos.

No instante em que Alice apareceu, todos os três recorreram a ela para que resolvesse a questão. Cada um repetiu os próprios argumentos, mas, como todos falavam ao mesmo tempo, ela teve muita dificuldade para entender exatamente o que estavam dizendo.

O argumento do carrasco era que não dava para cortar a cabeça de alguém se não houvesse corpo do qual cortá-la. Ele nunca tinha visto nada igual, e não ia começar *àquela* altura da vida.

O argumento do Rei era que qualquer um que tivesse uma cabeça poderia ser decapitado, e que o carrasco não deveria falar besteiras.

O argumento da Rainha era que, se alguma coisa não fosse feita logo, ela mandaria executar todo mundo. (Foi esse último comentário que deixou todo mundo tenso e ansioso.)

Alice não conseguiu pensar em mais nada a não ser:

— O gato é da Duquesa. É melhor pedir que *ela* decida.

— Ela está presa — disse a Rainha para o carrasco. — Traga-a já aqui.

E o carrasco partiu a toda velocidade.

A cabeça do Gato começou a desaparecer assim que o carrasco se foi e, tão logo ele voltou trazendo a Duquesa, o Gato havia desaparecido por completo. Então, o Rei e o carrasco começaram a correr de um lado para o outro procurando o Gato, enquanto todos os outros voltavam ao jogo.

IX
A história da Tartaruga de Mentira

— Não imagina como estou feliz por vê-la de novo, minha queridinha! — exclamou a Duquesa enquanto as duas saíam caminhando de braços dados.

Alice ficou muito feliz por vê-la de tão bom humor e pensou que talvez fosse apenas toda aquela pimenta que a deixara tão selvagem logo que se conheceram na cozinha.

"Quando *eu* for uma duquesa", refletiu (mas não muito esperançosa), "simplesmente não vai ter *nem um pouquinho* de pimenta na minha cozinha. Sopa não precisa de pimenta. Talvez seja a pimenta que faça as pessoas ficarem sempre tão esquentadinhas", continuou ela, muito satisfeita por ter encontrado um novo tipo de regra. "E o vinagre é o que as torna azedas. E camomila é o que as deixa amargas. E são as balas açucaradas que fazem as crianças ficarem tão doces. Eu só gostaria que as pessoas soubessem *disso*. Dessa forma, não seriam tão avarentas com doces, não é?"

Àquela altura, Alice tinha praticamente se esquecido da presença da Duquesa, então, se sobressaltou ao ouvir a voz dela ao pé do ouvido:

— Você está pensando em alguma coisa, queridinha, por isso está tão calada. Não sei bem agora qual é a moral disso, mas já, já, me lembro.

— Talvez não tenha moral nenhuma — Alice se arriscou a comentar.

— Nada disso, queridinha! — disse a Duquesa. — Existe uma moral para tudo nesta vida, você só precisa encontrar. — E ela se aproximou ainda mais de Alice.

Alice não apreciou tamanha proximidade; primeiro, porque a Duquesa era *muito* feia, e segundo, porque tinha a altura exata para apoiar o queixo no ombro de Alice, e que queixo pontudo era o dela! Só que a menina também não gostava de ser grosseira, então, aguentou tudo da melhor forma que conseguiu.

— O jogo parece estar bem melhor agora — disse ela para continuar a conversa.

— Verdade — concordou a Duquesa. — E a moral disso é... "Ah, é o amor, é o amor, que faz este mundo girar!".

— Alguém disse — sussurrou Alice — que é isso que acontece quando cada um toma conta do próprio nariz.

— Ah! Isso é quase a mesma coisa... — retrucou a Duquesa, enterrando o queixo pontudo no ombro de Alice antes de acrescentar: — E a moral *disso* é... "Preocupe-se com o sentido das coisas, e os sons vão se virar sozinhos!".[7]

"Como gosta de encontrar a moral das coisas!", pensou Alice com seus botões.

— Atrevo-me a dizer que deve estar se perguntando por que não a abraço pela cintura — disse a Duquesa depois de uma pausa. — E o motivo disso é que estou preocupada com o temperamento do seu flamingo. Será que posso tentar?

— Ele pode bicar — respondeu Alice, cautelosa, não querendo nem um pouco que a Duquesa tentasse alguma coisa.

— Verdade — concordou a Duquesa. — Flamingos e mostarda são picantes. E a moral disso é que... "Aves de mesma pluma juntas plumam".

— Só que mostarda não é uma ave — retrucou Alice.

— Está certíssima, como sempre — afirmou a Duquesa. — Você sabe dizer as coisas de forma bem clara!

— *Acho* que é um mineral — opinou Alice.

— Claro que é — disse a Duquesa, parecendo disposta a concordar com tudo que Alice dissesse. — Existe uma grande mina de mostarda perto daqui. E a moral disso é... "Quanto mais mina para mim, menos rima para você!".

— Ah, já sei! — exclamou Alice, ignorando aquele último comentário. — É uma planta! Embora não se pareça nadinha com uma, é isso que é.

---

7. No original, "*take care of the sense, and the sounds will take care of themselves*", que faz referência ao provérbio inglês "*take care of the pence and the pounds will take care of themselves*" (cuide dos centavos, que as libras se cuidam sozinhas). Além disso, há uma tradução consagrada que se tornou conselho para quem quer escrever bem: "cuide do sentido, que os sons cuidam de si mesmos". (N.E.)

— Concordo plenamente — disse a Duquesa. — E a moral disso é que... "Seja o que parece ser..." Ou, de forma mais simples, "Nunca se imagine diferente do que poderia parecer aos outros do que o que você era ou poderia ter sido, não fosse você diferente do que o que você tinha sido teria parecido a eles como sendo diferente!".

— Acho que eu entenderia melhor — disse Alice com muita educação — se estivesse escrito, mas, assim, de ouvido, não consegui entender nadinha do que você acabou de dizer.

— Isso não é nada comparado ao que eu poderia dizer se assim quisesse — respondeu a Duquesa num tom agradável.

— Ah, não precisa se preocupar em dizer nada mais longo do que isso — disse Alice.

— Ah, não é preocupação nenhuma! — retrucou a Duquesa.

— Faço de tudo o que eu disse até agora um presente a você.

"Um presente daqueles bem baratos!", pensou Alice. "Ainda bem que não é esse tipo de presente que dão de aniversário!" Mas a menina não se arriscou a dizer isso em voz alta.

— Pensando de novo? — questionou a Duquesa, afundando outra vez o queixo pontudo.

— Pois saiba que eu tenho todo o direito de pensar — respondeu Alice, irritada, pois já estava começando a se preocupar um pouco.

— E está certíssima — concordou a Duquesa. — Assim como porcos voam. E a mo...

Mas nesse instante, para grande surpresa de Alice, a voz da Duquesa foi morrendo, mesmo no meio da palavra favorita "moral", e o braço que estava cruzado com o dela começou a tremer. Alice ergueu o olhar e se deparou com a Rainha bem diante delas, com braços cruzados e franzindo a testa, demonstrando toda a sua fúria.

— Que lindo dia, Vossa Majestade! — a Duquesa começou a falar em voz baixa e fraca.

— Preste muita atenção no que vou dizer — berrou a Rainha, batendo o pé no chão enquanto falava. — Sua cabeça, ou você deve desaparecer imediatamente! Pode escolher!

A Duquesa escolheu e desapareceu em um instante.

— Vamos continuar com o jogo — disse a Rainha.

Alice estava assustada demais para dizer palavra, então, foi seguindo lentamente a monarca pelo campo de croqué.

Os outros convidados tinham tirado proveito da ausência da Rainha e estavam descansando em uma sombrinha. Mas foi só ela chegar que todos correram de volta ao jogo, enquanto a majestade comentava que um momento de atraso lhes custaria a vida.

Durante todo o jogo, a Rainha não deixou de brigar com os outros jogadores, sempre gritando:

— Cortem-lhe a cabeça! Cortem-lhe a cabeça!

Todos os condenados eram levados pelos soldados, que, é claro, tinham de deixar a posição de arcos para isso. Desse modo, depois de meia hora de jogo, mais ou menos, não havia mais nenhum arco sequer, e todos os jogadores, a não ser o Rei, a Rainha e Alice, estavam presos e condenados à morte.

Foi quando a Rainha deixou o campo, quase sem fôlego, e perguntou para Alice:

— Você já viu a Tartaruga de Mentira?

— Não — respondeu Alice. — Nem sei o que é uma Tartaruga de Mentira.

— É a coisa com a qual se faz a Sopa de Tartaruga de Mentira — explicou a Rainha.

— Pois nunca vi nem ouvi falar de tal coisa — disse Alice.

— Venha comigo — disse a Rainha. — E ela vai contar sua história.

Quando se afastaram, Alice ouviu o Rei dizer em voz baixa para todos os presentes:

— Estão todos perdoados.

"*Isso* é uma coisa boa!", pensou Alice, pois tinha ficado muito infeliz com o número de execuções ordenadas pela Rainha.

Logo elas passaram por um Grifo adormecido ao sol. (Se não sabe o que é um grifo, dê uma olhada na gravura.)

— Acorde logo, criatura preguiçosa! — ordenou a Rainha. — Leve esta jovem para ver a Tartaruga de Mentira, para ouvir a história dela. Preciso voltar logo para supervisionar todas as execuções que ordenei.

E lá se foi ela, deixando Alice sozinha com o Grifo. Alice não gostou muito da aparência da criatura, mas, considerando tudo, achou que seria mais seguro ficar com ele do que acompanhar aquela Rainha tão má. Então, ali ficou e aguardou.

O Grifo se sentou e esfregou os olhos; foi acompanhando a Rainha com o olhar até perdê-la de vista. Então, deu uma risada.

— Que engraçado! — disse ele meio para si e meio para Alice.

— O que *é* engraçado? — perguntou Alice.

— Ora, *a Rainha* — respondeu o Grifo. — Tudo aquilo é coisa da cabeça dela, e nunca ninguém é executado. Venha!

"Todo mundo por aqui adora dizer 'Venha!'", pensou Alice, enquanto o seguia devagar. "Acho que nunca recebi tantas ordens na minha vida. Nunquinha!"

Não andaram muito, e logo avistaram a Tartaruga de Mentira um pouco além, sentada triste e solitária em uma grande pedra. Assim que se aproximaram, Alice ouviu-a suspirar como se seu coração estivesse se partindo em mil pedaços. Ela morreu de pena.

— Por que ela está tão triste? — perguntou a menina para o Grifo.

Ele respondeu usando praticamente as mesmas palavras de antes:

— Tudo isso é coisa da cabeça dela, e não há tristeza nenhuma ali. Venha!

Então, andaram até onde estava a Tartaruga de Mentira, que olhou para eles com olhos grandes e marejados, mas nada disse.

— Esta jovem — começou o Grifo — quer conhecer sua história. Ela quer muito conhecê-la.

— E hei de contar para ela — respondeu a Tartaruga de Mentira num tom profundo e vazio. — Sentem-se vocês dois, e não falem nada até eu terminar.

E eles se sentaram e ficaram em silêncio por alguns minutos. Alice começou a refletir "Não vejo como isso vai terminar *um dia*, se ela não começar...", mas esperou com paciência.

— Eu já fui — começou a Tartaruga de Mentira dando um suspiro profundo — uma Tartaruga de Verdade.

Seguiu-se um longuíssimo silêncio depois dessas palavras, quebrado por uma ou outra exclamação do Grifo, "Hjckrrh!", e os soluços pesados e constantes da Tartaruga de Mentira. Alice estava prestes a se levantar e dizer "agradeço muito, senhora, por sua interessante história", mas não conseguiu deixar de pensar que *devia* ter mais por vir, então, permaneceu parada e nada disse.

— Quando éramos pequenas — continuou a Tartaruga de Mentira, por fim, em tom mais calmo, embora ainda soluçasse um pouco aqui e ali —, íamos à escola no mar. E a professora era uma Tartaruga idosa... Nós a chamávamos de Tontaruga...

— E por que a chamavam assim? — perguntou Alice.

— Nós a chamávamos de Tontaruga porque ela nos deixava tontas com tanta lição — respondeu a Tartaruga de Mentira, irritada. — Mas que boba você é!

— Você deveria se envergonhar por interromper a história para fazer uma pergunta tão boba assim — acrescentou o Grifo.

Os dois ficaram em silêncio, olhando para a pobre Alice, que desejou desaparecer da face da Terra. Por fim, o Grifo disse para a Tartaruga de Mentira:

— Vamos logo, minha velha! Não temos o dia todo!

E a Tartaruga de Mentira continuou com estas palavras:

— Sim, nós íamos à escola no mar, embora talvez você não acredite...

— Nunca disse que não acreditava! — interrompeu Alice.

— Disse, sim — insistiu a Tartaruga de Mentira.

— Controle essa língua! — acrescentou o Grifo antes que Alice tivesse a chance de dizer qualquer outra coisa.

A Tartaruga de Mentira continuou:

— Recebemos a melhor educação. Na verdade, íamos à escola todos os dias...

— *Eu* também vou à escola todos os dias — disse Alice. — Não precisa se sentir tão orgulhosa assim.

— Tem aulas extras? — perguntou a Tartaruga de Mentira um pouco ansiosa.

— É claro que sim — respondeu Alice. — Temos aula de francês e de música.

— E de se lavar? — perguntou a Tartaruga de Mentira.

— É claro que não! — exclamou Alice, indignada.

— Ah! Então a sua não é uma escola tão boa — concluiu a Tartaruga de Mentira em tom de grande alívio. — Na *nossa*, no fim das contas, havia aulas extras de francês, música e *lavagem*.

— Pois acho que não deviam precisar muito de aula de lavagem — disse Alice —, já que moravam no fundo do mar.

— Ah, eu não podia pagar por essas aulas — contou a Tartaruga de Mentira dando um suspiro. — Eu só fiz as aulas regulares.

— E quais eram? — perguntou Alice.

— Desdenhar e contorcer para começar, é claro — respondeu a Tartaruga de Mentira. — E um pouco de aritmética, ambição, distração, enfeiuramento e enganação.

— Nunca ouvi falar em "enfeiuramento" — Alice se arriscou a dizer. — O que é isso?

O Grifo ergueu as duas patas dianteiras, demonstrando surpresa.

— Como assim? Nunca ouviu falar em enfeiuramento?! Mas você sabe o que é embelezamento, não sabe?

— Isso eu sei — respondeu Alice, hesitante. — Significa... tornar... qualquer coisa... mais bela.

— Pois muito bem — continuou o Grifo. — Se você não sabe o que significa enfeiuramento, então, você é muito tola.

Alice não se sentiu encorajada a fazer mais perguntas sobre o assunto; então, se virou para a Tartaruga de Mentira e disse:

— E o que mais aprendeu?

— Bem, tínhamos aula de esbórnia — respondeu a Tartaruga de Mentira, contando as matérias nas nadadeiras. — Esbórnia antiga e moderna e marografia:[8] lentura avançada com uma velha enguia marinha que vinha uma vez por semana. Ela ensinava enrolação e estiramento.

— Como era *isso*? — perguntou Alice.

— Ah, não tenho como mostrar para você — respondeu a Tartaruga de Mentira. — Sou dura demais, e o Grifo nunca aprendeu.

— Não tive tempo — declarou o Grifo. — Mas quem me deu aula foi o mestre clássico. Era um velho caranguejo.

— Nunca tive aula com ele — disse a Tartaruga de Mentira suspirando. — Ele ensinava riso e luto. Foi o que ouvi dizer.

— Ah, ele ensinava isso, sim — confirmou o Grifo também suspirando, e as duas criaturas cobriram a face com as patas.

— E quanto tempo de estudo? — perguntou Alice, apressando-se para mudar de assunto.

---

8. No original, é um trocadilho com "geografia" (*seaography*), que na tradução se perdeu. (N.E.)

— Dez horas no primeiro dia — respondeu a Tartaruga de Mentira. — Nove horas no segundo e assim por diante.

— Que curioso isso! — exclamou Alice.

— Ora, é por isso que estudamos em livros — disse o Grifo. — Porque, assim, logo nos livramos.

Como era um conceito totalmente novo para Alice, ela refletiu um pouco sobre aquilo antes de comentar:

— Então, o décimo primeiro dia era de descanso?

— Claro que sim — respondeu a Tartaruga de Mentira.

— E o que acontecia no décimo segundo? — perguntou Alice, curiosa.

— Já chega de lições — interrompeu o Grifo em tom decidido. — Conte a ela sobre os jogos, agora.

X
A quadrilha da Lagosta

A Tartaruga de Mentira soltou um suspiro profundo e esfregou os olhos com as costas de uma das nadadeiras. Ela tentou falar, mas por um ou dois minutos os soluços sufocaram sua voz.

— É como se estivesse engasgada — disse o Grifo, que logo começou a chacoalhá-la e dar-lhe tapinhas nas costas.

Por fim, a Tartaruga de Mentira recuperou a voz e, com lágrimas escorrendo pela face, recomeçou a falar:

— Talvez você não tenha morado muito tempo no fundo do mar...

— Nunca morei — disse Alice.

— ... E talvez você nunca tenha sido apresentada a uma lagosta...

(Alice já ia começar a dizer "Uma vez, eu comi...", mas percebeu que seria um equívoco.)

— Não, nunca — disse ela.

— ... Então, você não faz a menor ideia de como é maravilhosa uma Quadrilha de Lagostas!

— Não mesmo — respondeu Alice. — Que tipo de dança é essa?

— Ora — disse o Grifo —, primeiro, você precisa formar uma fileira na beira do mar...

— Duas fileiras! — interrompeu a Tartaruga de Mentira. — Focas, tartarugas, salmão e assim por diante. Depois, quando já tiver tirado todas as águas-vivas do caminho...

— *Isso* geralmente leva um tempo — interveio o Grifo.

— ... Você avança dois passos...

— Cada um com uma lagosta como par! — exclamou o Grifo.

— Obviamente — disse a Tartaruga de Mentira. — Dois passos para a frente, vire-se para o par...

— ... Troque as lagostas e volte dois passos na mesma ordem — continuou o Grifo.

— E, então — disse a Tartaruga de Mentira —, você joga as...

— As lagostas! — gritou o Grifo, dando um salto animado.

— O mais longe que conseguir no mar!

— E vai nadando atrás delas! — berra o Grifo.

— Dá uma cambalhota no mar! — exclamou a Tartaruga de Mentira, gesticulando de um modo enérgico.

— Troca de lagosta de novo! — gritou o Grifo a plenos pulmões.

— Volta para a areia e... E isso tudo é só o começo — disse a Tartaruga de Mentira, baixando a voz de repente.

As duas criaturas, que antes estavam pulando de um lado para outro, animadíssimas, se sentaram de novo, com expressão triste e melancólica, e olharam para Alice.

— Deve ser uma dança muito bonita — comentou a menina com receio.

— Você gostaria de ver um pouco? — perguntou a Tartaruga de Mentira.

— Ah, seria maravilhoso — disse Alice.

— Venha, vamos tentar fazer o primeiro passo! — disse a Tartaruga de Mentira para o Grifo. — Dá para fazer sem as lagostas, sabe? Qual de nós vai cantar?

— Ah, *você* pode cantar — disse o Grifo. — Eu já esqueci a letra.

E eles começaram a dançar de um jeito formal, girando em volta de Alice, às vezes pisando nos pés dela quando se aproximavam muito e balançando as patas dianteiras para marcar o ritmo enquanto a Tartaruga de Mentira cantava num ritmo bem lento e triste:

"Anda logo, anda rápido", disse o arenque para o caracol.
"Estão tentando me enganar com aquela isca no anzol.
Eu quero ver as lagostas e as tartarugas dançarem graciosamente!
Elas nos esperam bem ali na beira do mar — você vem dançar com a gente?
Você vem ou não vem? Vem ou não vem dançar com a gente?
Você vem ou não vem? Vem ou não vem dançar com a gente?"

"Você não faz nem ideia de como é boa essa quadrilha.
Elas nos pegam e nos lançam ao mar, que verdadeira maravilha!"
"Mas é tão longe, tão longe!", respondeu o caracol medrosamente.
Agradeceu muito ao arenque, mas disse que não dançaria com a gente.
Ele não quer, ele não pode. Ele não quer, ele não pode vir dançar com a gente.

Ele não quer, ele não pode. Ele não quer, ele não pode vir dançar com a gente.

"E o que importa a distância?", perguntou o arenque animado.
"Como bem sabe, há outra praia lá do outro lado.
Se deixarmos a Inglaterra, da costa da França ficamos de frente...
Não precisa ter medo, querido caracol, só venha dançar com a gente.
Você vem ou não vem? Vem ou não vem dançar com a gente?
Você vem ou não vem? Vem ou não vem dançar com a gente?"

— Obrigada! É uma dança muito interessante de se ver — disse Alice bem aliviada pelo fato de aquilo ter acabado. — Também gostei muito dessa canção tão curiosa sobre um arenque!

— Ah, os arenques — disse a Tartaruga de Mentira —, decerto já os viu!

— Mas é claro que já — confirmou Alice. — Eu sempre os vejo no jant... — ela parou de falar.

— Não sei onde Jant fica — disse a Tartaruga de Mentira —, mas, se você sempre os vê, decerto sabe como são.

— Creio que sim — respondeu Alice, pensativa. — Eles têm a cauda na boca; e estão sempre cobertos de farinha.

— Você está errada em relação à farinha — comentou a Tartaruga de Mentira —, que se desmancharia no mar. Mas eles *têm* a cauda na boca, e o motivo disso é... — nesse ponto, a Tartaruga de Mentira bocejou e fechou os olhos. — Diga para ela o motivo disso tudo — pediu ela ao Grifo.

— O motivo disso é que eles iam dançar com as lagostas — disse o Grifo. — Então, foram lançados ao mar. E tinham que cair bem longe. Portanto, enfiavam a cauda na boca bem rápido, e não conseguiram mais tirar. É isso.

— Muito obrigada pela explicação interessante — disse Alice. — Nunca aprendi tantas coisas sobre arenques.

— Posso ensinar ainda mais se quiser — ofereceu o Grifo. — Você sabe por que se chamam arenques?

— Nunca pensei sobre o assunto — respondeu Alice. — Por quê?

— Porque são usados para *arte e artesanato* — respondeu o Grifo em tom solene.

Alice ficou completamente confusa.

— Arte e artesanato? — repetiu, tentando entender.

— Ora, o que você usa para arte e artesanato? — perguntou o Grifo. — Quero dizer: como prende as partes?

Alice olhou para a própria roupa e pensou se ela poderia ser considerada artesanato.

— Creio que com agulha e linha.

— Pois, no fundo do mar — continuou o Grifo com voz profunda —, prendemos as partes da arte e do artesanato com arenque.

— Não seria arame? — perguntou Alice com grande curiosidade.

— Arame enferruja no mar — respondeu o Grifo com impaciência. — Qualquer camarão sabe disso.

— Se eu fosse o arenque — disse Alice, lembrando-se da música —, teria dito para a isca no anzol: "Não vou morder essa isca, porque *nunca* corro riscos!".

— Ah, mas arenques sempre correm riscos — disse a Tartaruga de Mentira. — Pelo menos, os inteligentes.

— Como assim? — perguntou Alice bastante surpresa.

— Veja bem — disse a Tartaruga de Mentira —, arenques sabem muito bem que quem não arrisca não petisca.

— Mas, se arriscarem e petiscarem, não podem eles mesmos virar petisco? — perguntou Alice.

— Você está me confundindo com tantas perguntas — reclamou a Tartaruga de Mentira em tom ofendido.

E o Grifo se dirigiu à Alice:

— Por que não conta uma das *suas* aventuras?

— Eu poderia contar minhas aventuras, começando por hoje de manhã — respondeu Alice meio tímida —, mas não adianta muito falar do passado, porque eu era outra pessoa ontem.

— Explique-se melhor — disse a Tartaruga de Mentira.

— Não, nada disso! Quero ouvir as aventuras primeiro — interveio o Grifo com impaciência. — Explicações demoram muito tempo.

Alice, então, começou a contar suas aventuras desde o momento em que viu o Coelho Branco. Ela ficou um pouco nervosa no início, pois as duas criaturas estavam muito perto dela, uma de cada lado, e abriam *muito* a boca, mas ela foi ganhando coragem à medida que seguia com o relato. Os ouvintes estavam totalmente imóveis até a hora em que ela começou a falar sobre quando declamou *"Você é velho, meu pai"* para a Lagarta e as palavras saíram todas erradas. A Tartaruga de Mentira deu um suspiro longo e disse:

— Que curioso isso.

— Curiosíssimo mesmo — reforçou o Grifo.

— Tudo saiu diferente! — repetiu a Tartaruga de Mentira, pensativa. — Queria que você repetisse alguma coisa agora. Peça para ela começar! — A Tartaruga de Mentira olhou para o Grifo como se achasse que ele tinha algum tipo de autoridade sobre Alice.

— Levante-se e declame o poema "A voz do preguiçoso"[9] — ordenou o Grifo.

"Como essas criaturas gostam de sair dando ordens e tarefas para as pessoas!", pensou Alice. "Eu poderia muito bem estar na escola." Mesmo assim, ela se levantou e começou a declamar,

---

9. O Grifo se refere aqui ao poema "Tis the voice of the sluggard", de Isaac Watts:
"'Tis the voice of the sluggard; I heard him complain,
'You have waked me too soon, I must slumber again.'
As the door on its hinges, so he on his bed,
Turns his side, and his shoulders, and his heavy head.". (N.T.)

mas sua cabeça estava tão tomada pela Quadrilha da Lagosta que ela nem sabia direito o que estava dizendo, e as palavras realmente saíram muito esquisitas:

Esta é a voz da lagosta; eu a ouvi reclamar:
"Você passou do ponto, e me deixou queimar.
Meus cílios compridos, tenho de adoçar,
e os meus pés na diagonal virar."

— Nossa... Isso é muito diferente do que *eu* dizia quando era criança — declarou o Grifo.

— Bem, eu nunca ouvi assim. Mas parece algo muito sem sentido.

Alice nada disse; tinha se sentado de novo apoiando a cabeça nas mãos, imaginando se as coisas voltariam ao normal *algum dia*.

— Gostaria de uma explicação — disse a Tartaruga de Mentira.

— Ela não tem como explicar — o Grifo se apressou a responder. — Queira seguir para a próxima estrofe.

No entanto, a Tartaruga de Mentira insistiu:

— Como é possível que uma lagosta vire os pés na diagonal?

— É a primeira posição do balé — esclareceu Alice.

Mas ela estava muito confusa com tudo aquilo e queria mudar de assunto.

— Siga logo para a próxima estrofe — repetiu o Grifo, impaciente. — Comece com *"Passei pelo seu jardim..."*.

Alice não ousou desobedecer, mesmo sabendo que tudo sairia errado, então, ela começou com a voz trêmula:

Passei pelo seu jardim e dei uma olhada,
e vi uma Coruja e uma Ostra comendo melado...
A Coruja, que é muito esganada, comia tudo sozinha,
então, para a Ostra, só restava uma raspinha.
Quando o melado terminou, a Ostra não conseguiu nem mesmo
lamber a colher, pelo menos.
No final das contas, a Coruja ficou com tudo para si
e terminou de raspar todo o resto que havia ali.

— Do que *adianta* ficar repetindo essas bobagens — interrompeu a Tartaruga de Mentira — se você não explica o significado? Isso é a coisa mais confusa que *eu* já ouvi em toda a minha vida!

— Sim, acho melhor parar por aqui — disse o Grifo, para alegria de Alice.

— Vamos tentar outro passo da Quadrilha da Lagosta? — sugeriu o Grifo. — Ou você prefere que nossa Tartaruga de Mentira cante uma canção?

— Ah, uma canção, por favor, se a Tartaruga de Mentira quiser fazer essa gentileza — respondeu Alice.

A menina demonstrou tanta animação que o Grifo pareceu até ofendido:

— Hum! Tem gosto para tudo! Cante para ela, velha amiga, a música *Sopa de tartaruga*.

A Tartaruga de Mentira deu um suspiro profundo e começou com uma voz que, às vezes, se engastava com os soluços:

Bela sopa, tão forte e tão verdinha,
em uma tigela nos espera tão quentinha!
Quem tal iguaria não desejaria?
Bela, belíssima, bela sopa do dia!

Bela, belíssima, bela sopa do dia!
Beeeeee... laaaaa soooo... pa... do dia!
Soo... oo... pa... dooo diiiiiiiia!
Bela, belíssima, bela sopa do dia!

Bela Sopa! Quem pode querer pão,
ou carne ou peixe quando pode comer outra porção?
Quem quer mais um bocado da bela sopa do dia?
Só mais um pouco da bela, belíssima, bela sopa do dia!
Bela, belíssima, bela sopa do dia!
Bela, belíssima, bela sopa do dia!
Beeeeee... laaaaa soooo... pa... do dia!
Soo... oo... pa... dooo diiiiiiiia!
Bela, belíssima, bela SOPA DO DIA!

— Vamos repetir o refrão! — exclamou o Grifo, e a Tartaruga de Mentira começou a repetir quando de repente ouviram um grito a distância:
— O julgamento está para começar!
— Venha! — chamou o Grifo.
Ele pegou Alice pela mão sem esperar o fim da canção.
— De quem é o julgamento?
Alice ficou ofegante enquanto corria, mas o Grifo respondeu apenas:
— Vamos logo!
E começou a correr ainda mais rápido enquanto a brisa trazia as palavras melancólicas da canção que deixaram para trás:

Soo... oo... pa... dooo diiiiiiiia!
Bela, belíssima, bela sopa do dia!

XI
Quem roubou as tortas?

O Rei e a Rainha de Copas estavam sentados em seus respectivos tronos, com uma grande multidão reunida em volta deles, quando Alice e o Grifo chegaram — todos os tipos de passarinhos e outros animais, assim como o baralho inteirinho de cartas; o Valete estava ali adiante, acorrentado, com um soldado de guarda de cada lado. Ao lado do Rei estava o Coelho Branco, com um trompete em uma das mãos e um pergaminho na outra. Bem no meio do tribunal havia uma mesa, com uma grande bandeja de tortas; pareciam todas muito gostosas, o que levou Alice, já com muita fome, a olhar para elas e pensar: "Eu bem que gostaria que o julgamento tivesse acabado para podermos passar para os comes e bebes!". No entanto, parecia que isso não ia ocorrer tão cedo, então, ela começou a observar tudo à sua volta para que o tempo passasse mais depressa.

Alice nunca estivera em um tribunal de justiça, mas já tinha lido sobre eles nos livros, e ficou bem satisfeita ao notar que sabia o nome de quase tudo que havia lá. "Aquele lá é o juiz", pensou a menina, "por causa da grande peruca".

Aliás, o juiz era o Rei, e ele usava a coroa por cima da peruca (olhe o desenho no início do livro se quiser ver como ele conseguiu). Parecia não estar nada confortável, e decerto aquilo não era apropriado.

"E ali está o júri", pensou Alice, "suponho que aquelas doze criaturas" (ela se obrigou a dizer "criaturas" porque, veja bem, alguns eram animais e outros eram aves), "sejam os jurados". Ela repetiu mentalmente a última palavra umas duas ou três vezes porque estava muito orgulhosa dos próprios conhecimentos, pois tinha certeza de que meninas da mesma idade que ela raramente sabiam o significado daquilo tudo. No entanto, "bancada dos jurados" teria dado no mesmo.

Os doze membros do júri estavam fazendo anotações em pequenas lousas parecidas com pranchetas.

— O que estão fazendo? — cochichou Alice para o Grifo.

— Eles não podem ter chegado a nenhuma conclusão, pois o julgamento nem começou ainda.

— Estão escrevendo o nome deles — respondeu o Grifo sussurrando. — Por medo de esquecerem antes do fim do julgamento.

— Mas que burros! — O tom de Alice foi alto e indignado. Ela parou de falar assim que ouviu o Coelho Branco declarar:

— Silêncio no tribunal!

O Rei colocou os óculos e começou a olhar em volta tentando descobrir quem havia falado aquilo.

Alice também conseguiu ver, já que podia ver por sobre os ombros deles, que todos os membros do júri estavam escrevendo "Que burros!" nas respectivas pranchetas, e viu também que um deles nem sabia se "burro" tinha um ou dois "R" e precisou perguntar para o vizinho.

"A prancheta deles vai estar uma bagunça antes mesmo do fim do julgamento!", pensou Alice.

Um dos membros do júri usava um giz que arranhava a lousa, Alice *não conseguia* suportar aquilo. Ela contornou o tribunal e se colocou atrás dele e, logo que surgiu a oportunidade, subtraiu o giz. Foi tão rápida que o pobrezinho (era Bill, o Lagarto) não conseguiu descobrir o que havia acontecido. Então, depois de ficar procurando o giz, ele precisou se contentar em escrever com um dos dedos pelo resto do dia, o que não adiantava muito, já que não deixava marcas na lousa.

— Arauto, leia a acusação! — ordenou o Rei.

Ao ouvir isso, o Coelho Branco soprou três vezes a trombeta, desenrolou o pergaminho e leu:

— A Rainha de Copas preparou as tortas mais belas,
em uma linda tarde de verão.
O Valete de Copas roubou todas elas,
e deu no pé, como um bom fujão.

— Decidam o veredito — disse o Rei ao júri.
— Ainda não, ainda não! — interrompeu o Coelho apressado. — Muita água vai rolar antes disso.
— Chame a primeira testemunha — ordenou o Rei.
O Coelho Branco soprou a trombeta e chamou:
— Primeira testemunha!
A primeira testemunha era o Chapeleiro. Chegou com uma xícara de chá em uma das mãos e um pedaço de pão com manteiga na outra.
— Queira me desculpar, Vossa Majestade, por trazer tudo isso — começou ele. — Mas eu ainda não tinha terminado de tomar o chá quando fui convocado para aqui estar.

— Mas já deveria ter terminado — disse o Rei. — Que horas começou?

O Chapeleiro olhou para a Lebre de Março, que o acompanhara até o tribunal de braços dados com o Arganaz.

— Catorze de março, *eu acho* — respondeu ele.

— Quinze — disse a Lebre de Março.

— Dezesseis — acrescentou o Arganaz.

— Anotem isso! — O Rei se dirigiu ao Júri.

Todos foram rápidos em obedecer e anotaram as três datas em suas lousas, somaram tudo e chegaram à resposta em xelins e centavos.

— Tire o seu chapéu — disse o Rei para o Chapeleiro.

— Não é meu — respondeu o Chapeleiro.

— *Roubado!* — exclamou o Rei, virando-se para o Júri, e o som de anotações logo começou.

— Eu os uso para vender — acrescentou o Chapeleiro como explicação. — Não tenho nenhum chapéu de minha propriedade. Sou chapeleiro de profissão.

A Rainha colocou os óculos e começou a encarar fixamente o Chapeleiro, que empalideceu e ficou agitado.

— Dê seu depoimento — disse o Rei —, e não fique nervoso, ou será executado de imediato.

Aquilo não pareceu encorajar em nada a testemunha, que ficou se remexendo, enquanto olhava para a Rainha, parecendo muito preocupada. Na sua confusão, o Chapeleiro mordeu a xícara de chá em vez do pão com manteiga.

Bem nesse momento, Alice foi tomada por uma sensação bem curiosa, que a deixou bastante confusa até ela perceber o que era: estava começando a crescer de novo, e seu primeiro pensamento foi sair do tribunal, mas pensou melhor e decidiu ficar onde estava enquanto ali houvesse espaço para ela.

— Gostaria que não me espremesse tanto — disse o Arganaz, que tinha se sentado ao lado dela. — Eu mal consigo respirar.

— Não consigo evitar — respondeu Alice com voz doce. — Estou crescendo.

— Você não tem o direito de crescer *aqui* — disse o Arganaz.

— Não fale bobagens — disse Alice com voz mais firme. — Você também está crescendo.

— Sim, mas *eu* cresço em um ritmo razoável — retrucou o Arganaz —, não dessa forma ridícula. — E ele se levantou muito chateado e foi se sentar do outro lado.

Durante todo o tempo, a Rainha não afastou o olhar do Chapeleiro, e, na hora em que o Arganaz cruzou o tribunal, ela disse para um dos funcionários:

— Traga-me a lista de todos os cantores do último concerto!

Foi quando o pobre Chapeleiro começou a tremer tanto que seus dois sapatos saíram do pé.

— Dê o seu depoimento — repetiu o Rei, furioso —, ou será executado, esteja você nervoso ou não.

— Sou só um pobre homem, Majestade... — começou o Chapeleiro com voz trêmula. — ... e eu tinha acabado de começar a tomar meu chá, não faz nem uma semana, e com o pão e a manteiga acabando, e o chá cintilando...

— O chá fazendo o *quê*? — perguntou o Rei.

— *Cintilando*. Brilhando, reluzindo — respondeu o Chapeleiro.

— Sei o que é cintilar! — respondeu o Rei, zangado. — Acha que sou ignorante? Continue!

— Sou um pobre homem — continuou o Chapeleiro —, e a maioria das coisas começou a cintilar depois daquilo. Só que a Lebre de Março disse...

— Eu não disse — interrompeu a Lebre de Março bem apressada.

— Disse, sim! — retrucou o Chapeleiro.

— Pois eu nego! — insistiu a Lebre de Março.

— Ela nega — disse o Rei. — Vamos deixar essa parte de lado.

— De qualquer forma, o Arganaz disse... — continuou o Chapeleiro, olhando em volta para ver se o Arganaz negaria também, mas ele não negou nada, pois tinha caído no sono. — Depois disso, eu cortei mais pão e passei manteiga...

— Mas o que foi que o Arganaz disse? — perguntou um dos jurados.

— Não me lembro mais — respondeu o Chapeleiro.

— Você *tem* que se lembrar — avisou o Rei —, ou mandarei executá-lo.

O coitado do Chapeleiro deixou a xícara e o pão com manteiga caírem no chão e se postou de joelhos.

— Sou apenas um pobre homem, Vossa Majestade — começou o Chapeleiro.

— Pobre é sua capacidade de *depor* — retrucou o Rei.

Nesse momento, um dos porquinhos-da-índia aplaudiu e imediatamente foi contido pelos funcionários do tribunal. (Vou explicar bem como isso aconteceu. Os funcionários tinham grandes sacolas de lona, com a abertura fechada com cordinhas. E foi em uma dessas sacolas que enfiaram o porquinho-da-índia; primeiro, a cabeça e, depois, se sentaram em cima.)

"Ainda bem que vi como fizeram", pensou Alice. "Já li várias vezes que, no fim de julgamentos, houve 'tentativas de aplauso que foram imediatamente contidas pelos funcionários do tribunal', e eu nunca tinha entendido o significado disso, até agora."

— Se isso é tudo que sabe sobre o assunto, você pode descer — continuou o Rei.

— Não dá para descer mais — disse o Chapeleiro. — Estou no chão.

— Então, você pode *se sentar* — retrucou o Rei.

Nesse instante, um outro porquinho-da-índia aplaudiu e foi prontamente contido.

"Ah, agora, não resta mais nenhum porquinho-da-índia", pensou Alice. "Agora, as coisas vão ficar melhores."

— Prefiro terminar meu chá — disse o Chapeleiro lançando um olhar ansioso para a Rainha, que lia a lista de cantores.

— Pode ir — disse o Rei.

O Chapeleiro saiu praticamente correndo do tribunal, sem nem mesmo calçar os sapatos.

— Cortem-lhe a cabeça lá fora mesmo — acrescentou a Rainha para um dos oficiais de diligência.

No entanto, o Chapeleiro já tinha desaparecido de vista antes que o oficial tivesse chegado à porta.

— Chame a próxima testemunha! — disse o Rei.

A próxima testemunha era a cozinheira da Duquesa. Carregava uma caixa com pimentas na mão, e Alice soube o que era antes mesmo que ela entrasse, pois todos perto da porta começaram a espirrar, todos de uma vez.

— Dê seu depoimento — ordenou o Rei.

— Não mesmo — respondeu a cozinheira.

O Rei lançou um olhar ansioso para o Coelho Branco, que disse em voz baixa:

— Vossa Majestade, é preciso interrogar *esta* testemunha.

— Bem, se é preciso, é o que preciso fazer — declarou o Rei com ar de melancolia, depois de cruzar os braços, e, franzindo o cenho até seus olhos quase desaparecerem, ele perguntou com voz profunda:

— Do que as tortas são feitas?

— De pimenta, principalmente — respondeu a cozinheira.

— Melaço — disse uma voz sonolenta atrás dela.

— Prendam aquele Arganaz! — berrou a Rainha. — Cortem-lhe a cabeça! Tirem aquele Arganaz do tribunal! Contenham-no! Belisquem-no! Arranquem-lhe os bigodes!

Por alguns minutos, todo o tribunal virou um pandemônio para pegar o Arganaz, e, quando todos se acalmaram, a cozinheira havia desaparecido.

— Não tem importância — disse o Rei com ar de grande alívio. — Chamem a próxima testemunha. — Ele se virou para a Rainha e lhe disse baixinho: — Realmente, minha querida, *você* deve interrogar a próxima testemunha. Ela me dá dor de cabeça.

Alice observou o Coelho Branco mexer na lista, sentindo-se muito curiosa para ver quem seria a próxima testemunha, "pois eles não têm muitas provas *ainda*", pensou ela com seus botões. Imagine só sua surpresa quando o Coelho Branco leu, a plenos pulmões, com sua vozinha aguda, o nome:

— Alice!

XII
O depoimento de Alice

— Aqui estou! — exclamou Alice, se esquecendo, no calor do momento, de que havia crescido nos últimos minutos.

Ela se levantou tão rápido que derrubou a bancada do Júri com a bainha da saia, fazendo todos caírem bem em cima da multidão abaixo, e todos ficaram ali, estatelados, fazendo-a se lembrar muito de um aquário de peixinhos-dourados que ela havia derrubado acidentalmente na semana anterior.

— Ah, *queiram* me desculpar! — declarou ela em tom de muito constrangimento enquanto ia pegando um por um, o mais rápido que conseguia, pois o incidente com os peixinhos--dourados ficava voltando à sua mente, e ela tinha uma vaga ideia de que precisavam ser coletados e colocados de volta na bancada do Júri; caso contrário, morreriam.

— O julgamento não pode continuar — declarou o Rei com voz muito séria — até que todo o Júri esteja no devido lugar. *Todo* o Júri — repetiu, com grande ênfase, lançando um olhar duro para Alice.

A menina olhou para a bancada do Júri e viu que, na pressa, tinha colocado o Lagarto de ponta-cabeça, e o pobrezinho estava abanando a cauda com tristeza, quase sem conseguir se mexer. Ela logo o pegou e o colocou na posição certa: "Não que isso queira dizer muita coisa", pensou ela. "Acho que de cabeça para cima ou de cabeça para baixo, a contribuição dele seria *exatamente* a mesma."

Assim que o Júri se recuperou do susto de ter sido derrubado e todos receberam de volta suas lousas e o giz, começaram a se esforçar para escrever a história do acidente. Todos exceto o Lagarto, que parecia afetado demais pelo que tinha acontecido para fazer qualquer coisa além de ficar sentado, de boca aberta, olhando para o teto do tribunal.

— O que sabe sobre essa questão? — perguntou o Rei para Alice.

— Nada — respondeu ela.

— Nada *mesmo*? — insistiu o Rei.

— Nada mesmo — respondeu Alice.

— Isso é muito importante — disse o Rei, virando-se para o Júri.

Eles logo começaram a escrever em suas lousas quando o Coelho Branco interrompeu:

— *Des*importante, Vossa Majestade quer dizer, é claro — disse ele em tom muito respeitoso, mas franzindo o cenho e fazendo caretas enquanto falava com o Rei.

— *Des*importante, é claro, foi o que eu quis dizer. — O Rei rapidamente se corrigiu em tom baixo. — Importante, desimportante, desimportante, importante... — Ele repetia como se estivesse tentando ver o que soava melhor.

Alguns jurados escreveram "importante", e outros, "desimportante". Alice conseguia ler claramente porque estava sentada perto o suficiente para ver a lousa de cada um. "Mas isso não tem a menor importância", pensou consigo mesma.

Nesse momento, o Rei, que tinha se ocupado fazendo anotações no próprio caderno, decretou:

— Silêncio! — Então, ele leu no caderno: — Regra número 42: *Todas as pessoas com mais de um quilômetro de altura devem deixar o tribunal.*

Todos olharam para Alice.

— *Eu não tenho* um quilômetro de altura — disse ela.

— Tem, sim — respondeu o Rei.

— Quase dois quilômetros de altura — acrescentou a Rainha.

— Bem, eu não vou sair daqui de jeito nenhum — avisou Alice. — Além disso, essa não é uma regra regular. Vocês acabaram de inventar.

— É a regra mais antiga do livro — afirmou o Rei.

— Se assim fosse, ela seria a número um — retrucou Alice.

O Rei ficou pálido e fechou o caderno com força.

— Apresentem o veredito — disse ele para o Júri, agora com voz trêmula.

— Ainda há mais provas a serem apresentadas, por favor, Vossa Majestade — disse o Coelho Branco, pulando com muita pressa. — Este documento acabou de chegar.

— E o que é? — perguntou a Rainha.

— Ainda não o abri — respondeu o Coelho Branco. — Mas parece uma carta escrita pelo prisioneiro para... para alguém.

— Deve ser isso mesmo — disse o Rei. — A não ser que tenha sido escrita para ninguém, o que seria muito incomum.

— Quem é o destinatário? — perguntou um dos jurados.

— Não tem nenhum — respondeu o Coelho Branco. — Na verdade, não tem nada escrito do *lado de fora.* — Ele desdobrou o papel enquanto falava e acrescentou: — Não é uma carta, no fim das contas. É um poema.

— E foi escrito com a letra do prisioneiro? — perguntou outro jurado.

— Não, não foi — respondeu o Coelho. — E isso é a coisa mais esquisita de tudo.

(Os membros do Júri pareciam perplexos.)

— Ele deve ter imitado a letra de outra pessoa — declarou o Rei.

(Os jurados se animaram de novo.)

— Por favor, Vossa Majestade — disse o Valete —, eu não escrevi isso, e eles não podem provar que eu escrevi. Não tem nenhum nome assinado no final.

— Se você não assinou — disse o Rei —, isso só piora as coisas. Você *devia* estar tramando alguma maldade; caso contrário, teria assinado seu nome como um homem honesto.

Algumas pessoas aplaudiram ao ouvir aquilo, pois foi a primeira coisa inteligente que o Rei tinha dito naquele dia.

— Isso *prova* que ele é culpado — declarou a Rainha.

— Não prova nada disso! — interveio Alice. — Ora, vocês nem sabem o que o poema diz.

— Pois leia o poema — decretou o Rei.

O Coelho Branco colocou os óculos.

— Por onde devo começar, Vossa Majestade? — perguntou ele.

— Comece do começo — disse o Rei, com voz grave. — E continue até chegar ao final, quando deve parar.

Este foi o poema que o Coelho Branco leu:

"Você esteve com ela, como sei bem
e de mim foi fofocar.

Disse que sou gente boa, gente de bem,
mas alertou que não sei nadar.

Ele avisou que não fui embora
(e essa é toda a verdade).
Se ela insiste nisso por ora,
o que será da sua amizade?

Dei a ela um; e dois, ele recebeu,
Você nos deu mais de quatro;
mas tudo a você reverteu,
e com nada fiquei de fato.

Se eu ou ela formos por acaso
nesse fato incrível envolvidos,
sei que você vai resolver sem atraso
e não haveremos de ser punidos.

Antes do ataque dela de fúria,
eu acreditava que você era
um obstáculo de lamúrias
colocado entre nós e ela.

Não o deixe descobrir
que ele é o preferido.
Ninguém vai se ferir
se o segredo for mantido."

— Pois esta é a prova mais importante que já vimos até agora — afirmou o Rei esfregando as mãos. — Então, deixe que o Júri...

— Se algum deles puder explicar — interveio Alice (ela já havia crescido tanto nos últimos minutos que não sentiu medo de interrompê-lo) —, pago-lhe seis centavos. Pois *eu* não acredito que ali haja um átomo de significado.

O Júri começou a anotar nas lousas.

"*Ela* não acredita que haja um átomo de significado", mas nenhum deles se atreveu a explicar o que estava escrito no papel.

— Se não há significado no que foi escrito — disse o Rei —, isso evita um trabalhão, já que não precisamos tentar encontrar nenhum. Ainda assim, não sei, não — continuou ele, abrindo o papel sobre o joelho e olhando com um olho só. — Parece que vejo um significado aqui, no fim das contas. "*Mas alertou que não sei nadar*".

Ele olhou para o Valete e perguntou:

— Você sabe nadar?

O Valete negou com a cabeça, bem tristonho, e perguntou:

— Parece que sei?

(Com certeza, *não* parecia saber, pois era todo feito de papel-cartão.)

— Está certo até agora — disse o Rei, que continuou resmungando os versos para si. — "*... e essa é*

toda a verdade...". Isso se refere ao Júri, é claro. *"Dei a ela um; e dois, ele recebeu...".* Ora, isso deve ser o que ele fez com as tortas, sabe?

— No entanto, depois, ele diz *"Mas tudo a você reverteu"* — argumentou Alice.

— Ora, mas lá estão elas — disse o Rei, apontando triunfante para as tortas na mesa. — Nada pode ser mais claro que *isto.* E tem também isto: *"Antes do ataque dela".* Acho que você nunca teve um ataque, não é, minha querida? — perguntou ele para a Rainha.

— Nunca! — exclamou ela, furiosa, lançando um tinteiro contra o Lagarto enquanto falava.

(Pobrezinho do Bill, que precisou escrever na lousa com o dedo só para descobrir que não deixava marca; mas então ele começou de novo, usando a tinta que escorria pelo rosto enquanto ainda durava.)

— Então, esse verso não tem nada a ver com você — disse o Rei, com sorriso debochado.

Todos ficaram no mais absoluto silêncio.

— É uma piada! — O Rei usou um tom zangado, e todos começaram a rir. — Deixem que o Júri apresente o veredito — declarou o Rei pela vigésima vez naquele dia.

— Não, não! — disse a Rainha. — A sentença primeiro... O veredito depois.

— Que bobagem! — disse Alice em voz alta. — A ideia de dar a sentença primeiro!

— Cale a boca! — ordenou a Rainha, ficando roxa.

— Não calo, não! — rebateu Alice.

— Cortem-lhe a cabeça! — berrou a Rainha a plenos pulmões. Ninguém se mexeu.

— Quem se importa com vocês? — disse Alice (que agora tinha chegado a seu tamanho normal). — Vocês não passam de um baralho de cartas!

Ao ouvir isso, todo o baralho se ergueu e as cartas foram voando em direção a ela, que deu um gritinho e tentou espantá-las com a mão. Logo se viu deitada na margem do rio, com a cabeça no colo da irmã, que cuidadosamente lhe tirava do rosto algumas folhas que haviam caído das árvores.

— Acorde, Alice, minha querida! — disse a irmã. — Você dormiu um tempão.
— Tive um sonho muito curioso! — disse Alice.
A menina pôs-se a narrar, da melhor forma que conseguiu, todas as estranhas aventuras que você acabou de ler. Quando terminou, a irmã lhe deu um beijo e disse:

— Foi *mesmo* um sonho curioso, minha querida. Mas agora você precisa se apressar para o chá. Está ficando tarde.

Então, Alice se levantou e saiu correndo, pensando enquanto corria, tão rápido quanto possível, que sonho maravilhoso ela tivera.

* * *

Contudo, a irmã ficou sentada ali, apoiando a cabeça na mão, olhando o Sol se pôr e pensando na pequena Alice e em todas as suas maravilhosas aventuras, até que começou a sonhar, e assim foi seu sonho:

Primeiro, sonhou com a própria pequena Alice, com suas mãozinhas apoiadas em seus joelhos e os olhos brilhantes e curiosos olhando nos olhos dela. Ela conseguia até ouvir os tons da voz dela e ver aquela viradinha estranha de cabeça para manter para trás o cabelo rebelde que *sempre* caía nos olhos. E enquanto ouvia, ou parecia ouvir, tudo à sua volta ganhou vida com estranhas criaturas do sonho da sua irmãzinha.

A grama alta farfalhou a seus pés enquanto o Coelho Branco passava correndo; o Rato medroso se debatia nas águas do rio. E ela conseguiu ouvir o tilintar das xícaras de chá enquanto a Lebre de Março e seus amigos compartilhavam a refeição sem--fim, e a voz aguda da Rainha condenando os infelizes convidados à execução. E uma vez mais o bebê-porco estava espirrando no colo da Duquesa, enquanto pratos e bandejas voavam por todos os lados. Uma vez mais, o grito do Grifo e o giz do pequeno Lagarto arranhando a lousa e o arfar dos porquinhos-da-índia encheram o ar misturado com o choro distante da tristonha Tartaruga de Mentira.

Ela continuou ali sentada, com os olhos fechados, quase acreditando que estava no País das Maravilhas, embora soubesse muito bem que bastaria abrir os olhos para tudo voltar à realidade enfadonha — a grama ainda estaria farfalhando ao vento, e as águas do lago, ondulando perto dos juncos —, as xícaras a tilintar se transformariam no sino das ovelhas, e os gritos agudos da Rainha, na voz do pastor — e o espirro do bebê, o grito do Grifo e todos os outros barulhos estranhos mudariam (ela sabia) para a algazarra da fazenda enquanto o mugido baixo do gado substituiria os soluços pesados da Tartaruga de Mentira.

Por fim, ela imaginou como sua irmãzinha seria já mulher--feita e como ela manteria, mesmo durante seus anos mais maduros, o coração singelo e amoroso da infância. E como reuniria a seu redor outras criancinhas e faria seus olhos brilharem de curiosidade com muitas histórias estranhas, talvez até a do sonho do País das Maravilhas de tanto tempo atrás. E como ela compartilharia todas as suas simples tristezas e encontraria prazer em todas as suas simples alegrias, lembrando-se da própria infância e dos dias felizes de verão.

FIM